MANTICE

ou

Diſcours de la verité de Diuination par Aſtrologie.

Autheur Pontus de Tyard, Seigneur de Biſsy.

Seconde Edition augmentee.

A PARIS,

Chés Galiot du Pré, ruë Sainct
Iaques, à l'enſeigne de la
Galere d'or.

AVEC PRIVILEGE
DV ROY.

AV ROY TRES-
CHRESTIEN, CHARLES NEV-
PIEME DE CE NOM.
Sire

POVRCE que le deſir qui attire l'homme amoureux des ſciences, (lequel par les anciens fut nommé Philoſophe) ne tend à autre fin qu'à la vraye cognoiſſance des choſes diuines & au bon gouuernement des choſes humaines, le plus grand bien que puiſſe auoir vn peuple, eſt d'eſtre ſouz vn Roy affectionné de tel deſir : Le plus grand heur duquel vn Roy puiſſe eſtre accompagné, eſt de gouuerner vn peuple incliné à ſi louable fin. Car par la mutuelle volóté de l'vn à l'autre, tendant à la congnoiſſance des choſes celeſtes & diuines, ſ'exerce entre les hommes la reuerece & l'hóneur qu'on doit porter à Dieu. De l'inſtruction de telle pieté, auient que les ſaintes loix ſont inuiolablement obſeruées, le peuple contenu en ſon deuoir, & le bien public n'eſt iamais empiré. Mais il eſt preſque impoſſible d'arriuer à ſi haute perfection, ſi les lettres ne ſeruent de guide, & ne monſtrent la verité, empeſchant que les vmbres & vaines apparences, ne tiennent en l'eſprit lieu des corps & choſes veritables. Car comme la verité eſt inſeparable compagne de la vertu, & le menſonge certain pere & nourricier du vice, auſſi les lettres deſquelles l'on apprent la verité, ſont vertueuſes, & leurs contraires vitieuſes & indignes des grands entendemens, c'eſt à dire, des Roys &

des Philofophes, defquels les ames (comme non trop en vain la fable de Platon rapporte) auant que defcendre ça bas, auoient enfemble ouï de plus prés les hauts fecrets du confeil priué, & approché le faint feftin des Dieux. L'amour des lettres & la curieufe recherche de cefte verité, SIRE, femble eftre au premier reng des rares accompliffemens, defquels voftre Maiefté eft tant richement illuftree: & doit voftre France f'eftimer tres-heureufe d'obeïr à vn Roy, fouz le fiecle duquel elle fe peut parangonner (pour ne dire d'auantage) à toute autre prouince, en fertilité d'hommes doctes en toutes fciences, & en beauté & richeffe de langage, pour exprimer & efcrire difertement, tout ce dont les nations Grecques & Latines ont efté par leurs efcrits liberalles à la pofterité. La monftre d'infiniz beaux liures en fait tous les iours preuue plufque fuffifante. Voire la faueur de laquelle vous honorez les lettre fi gracieufement, doit pouffer les plus ftupides, & les reueiller du plus profôd fomeil, afin qu'ilz produifent vn tel fruictz que voftre peuple en puiffe tirer & proffit & plaifir: & voftre Maiefté receuoir quelque contentement. C'eft, SIRE, ce à quoy i'effaye de m'employer par la confecration de ces miens efcrits, offerts tres-humblement à voftre Maiefté, pour laquelle ie fupplie tres-deuotement Dieu, que la vraye cognoiffance des chofes diuines, & la bonne & prudente adminiftration des humaines, foient fi faintement côiointes fouz voftre tres-chreftienne corône, que toute glorieufe & memorable profperité la puif fe toufiours accôpagner, & que ie puiffe auoir l'heur de luy eftre autant aggreable, comme ie luy fuis,

Tres-humble, tres-fidele & tres-obeiffant fubiet & feruiteur,

PONTVS DE TYARD.

MANTICE

OV

Discours de la verité de la Diuination
par Astrologie.

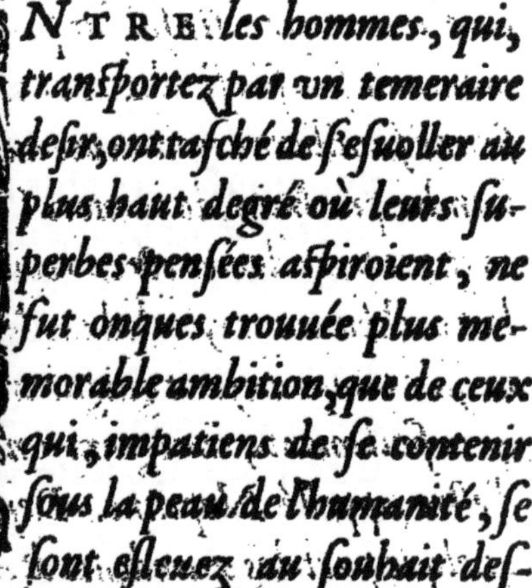

ENTRE les hommes, qui, transportez par vn temeraire desir, ont tasché de s'esuoller au plus haut degré où leurs superbes pensées aspiroient, ne fut onques trouuée plus memorable ambition, que de ceux qui, impatiens de se contenir sous la peau de l'humanité, se sont esleuez au souhait desnaturé d'estre Dieux : ou, defaillant la puissance d'atteindre à celle impossible majesté, s'en acquerir du moins les honneurs & la reputation. Salmonée, Cosdroe, Xerxes, furent diuersement transportez de ceste passion. Thuras, Roy d'Assirie, apres Ninus fut plein de si braue fierté, qu'ayant defait le Tyran Caucase, descendu de la race de Iupee, il fut adoré des Assiriens comme Dieu, auec le nom de Baal, qui signifie Mars, & Dieu des battailles & armées. Thulis (duquel l'Isle Thule emprunta son nom) ayant par trop heu-

L'homme souhaite d'estre Dieu.

a

reux ſuccez commandé au Royaume d'Egypte, & de là iuſques au froid Occean, oſa ſ'enquerir de l'oracle de Serapis,
qui ou auant ou apres luy l'auroit outrepaſſé ou l'outre-
paſſeroit de grandeur.   La reſponſe fu admirable & telle:
πρῶτα θεὸς μετέπειτα λόγος καὶ πνεῦμα σὺν αὐτῶ : Premierement Dieu, apres

Cotoys Roy de Thrace, af-fectât la diuinité.

la Parolle & l'Eſprit auec eux.   Le Thracien Roy Cotoys
ſ'eſtoit perſuadé, & vouloit que chacun receuſt pour vraye
ceſte perſuaſion folle, que Pallas ſouuent de nuict l'accompagnoit voluptueuſement. Clearche ayant occupé la Tyrannie en Heraclée oubliant qu'il eſtoit homme, deuint tant in-
ſolent, qu'il ſe diſoit fils de Iupiter, & pour marque de ſa
race allant par päis faiſoit porter vne Aigle deuant ſoy, &

Numa.

nommoit ſon fils foudre .i. Ceraune. Numa affermoit vne

Alexandre.

ſienne familiere accointance auecques la Deeſſe Egerie. Alexandre prochain de la mort (laquelle il euſt voulu eſtre incogneue pour demeurer en reputation d'eſtre deiſé) ſe vou-

Clite.

loit cachément noyer dedans le fleuue Euphrate. Clite, en ce
meſme temps, ayant gaigné trois ou quatre Naufs Grecques ſeulement, chargeant vn Trident en ſa main, ſouffrit

Demetrie.

d'eſtre appellé Neptune. Demetrie (auquel Fortune feit
quelque part des grandeurs d'Alexandre) eſtoit nommé Iupiter, & vouloit ſes reſponces auoir le nom d'Oracles. Et

Quelques Empereurs Romains.

les Empereurs Romains, affollez de ceſte Manie, de quelle
ancienne Dcité ne ſe ſont-ils emparez? Cæſar Auguſte ayant
premierement permis qu'vne ſtatue luy fut dreſſée auec in-
ſcription de demy-dieu, oſa en fin ſouffrir d'eſtre nommé
Dieu non vaincu : & ſur-nommé Iupiter. Senat luy ordonna des feſtes Quinquenelles comme aux Heroës, & luy
ayant dedié vn temple ſous le nom de Clemence, commanda
que le peuple iuraſt par la fortune & ſanté de Cæſar. Mart

Anthoine s'enfla de pareil desir quand il faignit Cleopatra
estre Isis, & luy Osiris en Egypte : Et quand en Athenes il
voulut estre nommé Bacchus : à quoy les Atheniens voulu-
rent assez ridiculément complaire, luy donnans leur Miner-
ue pour femme. Aussi vengea-il facecieusement leur moquerie en approuuant ce traiclé, par lequel il se feit donner
cent mille escuz pour le mariage de sa nouuelle espouse. Ne
fut Sex. Pompée follement hautain pour vne battaille na-
ualle gaignée contre Cæsar Auguste de se faire estimer fils
de Neptune, & vestu d'vne robe bleuë, en couleur marine
ietter dedans la mer des cheuaux & des hommes ? Caligule, **Caligule.**
qui se vantoit d'auoir la Lune à commandement d'vne
estrange familiarité, & que Iupiter & luy souuent par-
loient ensemble. Tribonian subtil, voire excellent d'esprit,
mais extremement meschant, auoit abreuué l'Empereur Iu-
stinian de semblable humeur luy faisant asseurance d'vne
immortalité : & luy persuadoit que vif & sensiblement il
monteroit au Ciel. Et n'ont les femmes eschappé ceste coulpe
entre lesquelles Semiramis se trouue auoir esté esprinse tant
outréement de ceste ambition, qu'elle feit insculper son image sur le mont Bagisthene de Medie, en vne pierre longue de
dix sept stades : deuant laquelle cent hommes ainsi que Pre-
stres faisoient continuelles offrandes. Et la femme d'Eua-
gore Roy de Cypre se faisoit appeller Latone, Diocletian, **Diocletian**
& vn grand nombre d'autres, ont laissé les Histoires plei-
nes des mysteres, par lesquels taschans d'estre estimez Dieux,
ils donnerent à leurs follies bruit d'immortalité. Auec vne
machine expresse bruyoit à l'enuy contre le Tonnerre & es-
clairoit contre les esclairs pour monstrer de sa diuinité, Alexandre Heliogabale. Ceste superbe imagination esguisa

Psaphon.

Imposteurs
qui pour
estre esti-
mez diuins,
promettent
de predire
& deuiner.

Chiromás.

Onomans.

Geomans.

Oniropo-
les.

Magiciens,
& inuoca-
teurs de dia
bles.

l'esprit à Psaphon Lybien, de nouuelle industrie, quand
ayant à vn grand nôbre de Pies, Geaiz, & autres oiseaux
(qui sous la maistrise du ventre se deslient la langue en humaine parolle) apprins à dire bien entendiblement (Psaphon est grand Dieu) il les laissa voller, à fin que par aduertissement de ces oiseaux, les hommes s'abaissassent à luy
donner le nom & les honneurs d'vn Dieu. Mais si ce desir
s'enfla onq dans les ames, iusques à la violence de fureur
impudente, il me semble que c'est en celles de certains imposteurs, qui, tenans boutique de mensonges (ainsi que beaux
Apollons) respondent à toutes demandes dont il sont consul-
tez sur les choses passées, presentes & aduenir : pour, comme Dieux, aumoins viues Idoles, se faire sacrifier grasses
offrandes, & espuiser d'argent les bourses des credules. Ce
ne leur est rien, qu'en consideration des lignes de la main,de-
uiner chiromantiquement : ou par denombremens diuers des
lettres des noms, en Onomantie predire à quelqu'vn ce qui
luy doit aduenir. La Geomantie en desordonné assemble-
ment de poincts, ressortans du mespartemét des autres poincts
semez à la fortune, & les songes interpretez, sont trop familiers & naturel subjet pour acquerir nom de diuin Deuin. Ils tentent (mais vainement, les simples) bien plus magnifique chose. Le Ciel & les Enfers ne leur sont iamais
clos : ils peauent inuoquer les Anges & les Esprits de toutes parts du Monde, ne laisser Demon en l'air,ny aux autres
Elemens, non aucun Roy des legions infernales qui ne monte çà haut, pour, forcé, venir à cest autre Dieu, & en re-
cognoissance d'obeissance deue à son commandement s'em-
prisonner dedans vne Phiole, se representer en l'ongle,en la
main, en vn miroer, en vn bassin, ou en vn fond de puits.

& par tout se reuestir d'vn corps tel qu'il luy sera comman-
dé : voire sonner vne voix respondante miraculeusement.
Vrayement ie m'esmerueille comme tels imposteurs peuuent
trouuer des yeux & des oreilles tant aisées à tromper sous
la feinte de quelques Images ou miroërs de perspectiue &
semblable artifice de main : ou par la cautelle d'vne voix
contrefaite, & subtilement encauée au creux du gozier,
comme il se voit beaucoup de tels bateleurs auec leur Ian
des vignes, imitans les Engastrimantes, ou Engastrimy-   Engastri-
thes anciens. Et trouuerois plus excusable la creance, don-   mantes.
née aux Pies de Psaphon, qu'aux friuolles illusions de ces
moqueurs deuins, & non magiques Magiciens, indignes
non seulement du sur-nom de la Diuinité, mais encores
d'estre estimez hommes, qui sous la face humaine tesmoignët
par la raison de quelle espece ils sont : car si l'entendement hu-   Quelle di-
main est capable de préuoir le futur, & si en quelque sorte   uination
Diuination est vne verité, celle me semble seulement rece-   peut estre
uable, qui affranchie de toute superstition, s'exerce par co-   vraye.
gnoissance de quelque raison naturelle. Ie sçay bien que des
le temps plus vieil qu'aucune memoire, en toutes nations
ha tousiours esté creu parmi les hommes estre vne capacité de
prédire l'aduenir : toutesfois auec le cours des ans, les men-   Anciennes
songes affoiblies ont tant esté forcées de la verité, que d'infi-   superstitiós
nies pieces rapportées anciennement au tout de Diuina-   esteintes.
tion, n'en reste qu'vne receuë & honorée aucunement. Il ne
se trouue plus de Galeotes en Sicile. Les augures & aussi-   Galeotes.
ces, les considerations des entrailles sacrifiées, & toutes ces   Augures.
superstitions, que l'Hetrurie nourrissoit, sont esteintes. La   Auspices.
diabolique Goëtie est destruite auec l'antiquité Egyptienne.   Goëtie.
Les euocations & Phitoniques & Euriclues, sont abolies.   Phitoniques & Eu-
   riclites.

& n'eſt plus vraye nouuelle, comme au vieil temps, de

Demon ny d'Eſprit. Des Pyromanties, Hydromanties, &
autres de ſemblable denomination, ne reſtent que les noms.
Les Philtres, Breuets, ou Amuletes, deſia condamnées du
regne de Caracalla, les Epodes, Carmes, ou Charmes ont vn
bruit ſans effect : & ne croy pas (bien qu'aſſez de telles fa-
bles rempliſſent noz oreilles) que quelque autre Paſete nous
face ſoudain apparoir vn feſtin dreſſé de viandes abondan-
tes : & puis (auſſi ſoudain) trompant noz bouches & noz
yeux, le face eſuanouir. Ou, comme on recite de ce Paſete
Magicien, que l'argent dont il auroit payé vn debte (trom-
pant le crediteur) reſſautaſt dans ſa bourſe. N'attendons
plus de voir les lettres Epheſiennes : ny (que lon eſcrit Py-
thagore auoir fait, eſcriuant de ſang ſur vn miroër deſſous
les raiz de la Lune eſtant pleine) noz conceptions eſcrites
dans le rond de la Lune. Car toutes ces belles ſingularitez
vantées par certaines receptes, ne ſe trouuent pourueües
d'aucune eſpreuue : & ne ſe trouue plus que par ces indu-
ſtries l'on ſe puiſſe auiourd'hui faire ſage, ou receuoir aucun
aduertiſſement deſiré du futur. Donques des façons de de-
uiner, qui iamais eurent lieu, eſt ſeulement demeuré l'A-
ſtrologie, qui ſe promet, par conſideration des mouuemens
celeſtes, de diſcourir ſur les temperamens des Elemens ſim-
ples & des corps meſlez & compoſez : & de preuoir les ef-
fects qui (par le moyen de ces temperamens) aduiennent en
tous les corps du Monde inferieur. Science vrayement, qui
(ſi elle eſt vraye) doit ſans empeſche paſſer deuant toute au-
tre, comme ſalutaire & vtile aux humains : & par la-
quelle le but deſiré de ceux qui aſpirent à eſtre eſtimez Dieux
ſe pourroit atteindre de plus prés. Mais autour de l'Ouy &

du nom de sa verité, est vn nœud fort difficile à deslacer: ar-
restant à mon opinion tous ceux, qui auec plus d'esgard bien
aduisé, que de legere creance, essayent de cueillir le bien qu'elle se dit auoir: ce qui nous empeschoit bien embesongnément
(n'a pas long temps) le Curieux & Mantice ami mien excellent en ceste profession, le nom duquel ie cele sous cestui,
en vn lieu où beaucoup de personnes doctes, & de bon iuge-
gent y assemblées prenoient vn plaisir singulier d'ouir le Curieux, qui auec vne näiue liberté (en laquelle il se permet
tousiours de desdire tout ce-qui par raison ne luy est viuement demonstré) se declairoit contraire à Mantice, qui exau-
çoit d'infinies louanges son parti de Diuination. Longue-
ment & par diuers argumens chacun sousteint sa cause: &
n'oublia rien le Curieux de ce-que peurent onques dire Ar-
chelas, Cassandre, Scilax, Halicarnassée, Ciceron, Phauorin, Plotin & tels anciens Philosophes, suiuiz depuis de
plusieurs: mesmes presques de ce temps par Marsille Ficin
& l'admirable Conte Pic de la Mirandole. Contre luy
Mantice, iusques à la colere, s'esmeut fort viuement à l'aide des anciens & modernes protecleurs de sa discipline: &
furent de telle vehemence leurs parolles mises hors, que mal-
aisément les pourray-ie rescrire au vray. Aussi me suffira-il,
il, recercher par cy par là dans ma memoire, ce de leurs discours, dont i'auray plus prompte souuenance. Et sera assez
que ie vous donne à comprendre par ce peu que i'en diray,
les aduis de tous deux, n'affectant plus curieusement la bien
entresuiuie disposition des raisons qu'eux mesmes ausquels
l'affection fournissoit de tant confuse abondance, que la
langue ne pouuoit assez hastiuemēt declairer l'vne pour faire sortir l'autre. Le Curieux donq commença ainsi: Sçachāt

L'office du
Curieux.

Commāce-
mēt du Dia

logue, con-
tre l'Aſtro-
logie Iudi-
ciaire.

bien qu'auec non moindre peril celuy entreprend de deſcou-
urir la friuole legereté d'vne ſuperſtition imprimée en l'opiniaſtre credulité d'vn peuple groſſier & non exercé auec la
raiſon, que celuy, qui eſſaye de ſoumettre à vn ioug de vile
& inſupportable ſeruitude vne nation libre, genereuſe
& magnanime, ie n'aurois aſſez de hardieſſe au front, ny
d'aſſeurance au cueur, pour auec digne liberté dire ce-que ie
ſens contre la vanité de l'Aſtrologie diuinatrice, ſi ie ne co-
gnoiſſois les perſonnes, auſquelles ie parle, accomplie en
candeur de plus ſein iugement. Et moins ſi ie n'eſtois préue-
nu de tant excellens perſonnages, que les plus opiniaſtrément
ſuperſtitieux n'auront aſſez d'impudence pour ne rougir,
voulans contredire l'authorité de tels & non reprochables
teſmoins : car ſi les conſtitutions de noz Papes leur ſont ſou-
pçonnées : Si les loix des Empereurs leur ſemblent tyranni-
ques : ſ'ils iugent les aduiz & reſponces des Prudens & ſages adminiſtrateurs des republiques eſtre trop affectionnez
en l'egard de la tranquilité, & bien liée police de leur peuple : & ſ'ils oſent nier la reuerence dëue à la diuinité des
oracles Prophetiques, par leſquels leur ſcience diuinatrice
eſt condamnée : les raiſons apparentes & naturelles des
Philoſophes ſuffiront tant ſuffiſamment à leur demonſtrer
la nullité de leur opinion : que ſ'ils ne ſont plus ſimples que
la meſme ſimplicité, plus opiniaſtres que la meſme opinia-
treté, ou plus ſtupides que Gyrines, ils la confeſſeront eſtre
vaine. I'ay creu iuſques à ceſte heure, que de la profonde

Comme la
Philoſo-
phie eſt
ſource de
toute ſcien-
ces.

ſource de Philoſophie, en laquelle (à l'imitation des anciens)
nous nettoyons & poliſſons noz entendemens, & qui met
en beſongne noſtre partie raiſonnable, en diſcourant par
diſputes & diuers argumens, nous puiſons la cognoiſſante

certaine

certaine de la nature des Choſes, qui nous fait eſleuer iuſques en l'admiration de la Diuinité : en contemplation de
laquelle noz mœurs ſont meilleurées au choix des vertuz &
des vices. Et que de la meſme Philoſophie, toutes profeſ-
ſions, arts & ſciences de quelque valeur, ont emprunté la
matiere plus ſolide de leurs fondemens. I'oſerois quaſi dire
que la Theologie, quelle-qu'elle ſoit, recognoit en la Philoſophie intellectuelle ſon principe & ſes belles contemplations : Que noſtre ſcience ciuile & politique n'eſt autre choſe
qu'vne election de certaines inſtitutions choiſies en la Philoſophie morale : Que la Medecine n'a rien de certain, que ce
qu'elle ſ'acquiert par Philoſophie naturelle, meſmes les
diſciplines ou Mathematiques exercées par demõſtrations ſi
fermes, qu'elles ne peuuent eſtre niées : d'autant qu'elles ſont
maniées par diſcours & argumentations, empruntent leurs
diſputations de la Philoſophie ratiocinatrice : & leurs corps
& quantitez continues, ou non continues, de la Naturelle.
Mais ſi quelque ſecte ou profeſſion ſe trouue, en laquelle l'on
ne recognoiſſe aucune naïueté de telles marques, ie la iuge-
rois eſtre fauſſe, menſongere & deceuante. Telle eſt la profeſſion des Alchimiſtes, fauſſeurs de raiſons naturelles, à la
bouche deſquels toutefois eſt touſiours ce nom de Philoſophe, & qui deshonnorent la Philoſophie en ſ'auouant ſouz
elle fauſſement. Telle eſt celle fabuleuſe & ſuperſtitieuſe
Magie, tranſportant hors de toute eſpece de bon ſens les ſimples & ignorans ſous le magnifique nom de Philoſophie
occulte : auec ſes ſeruantes, commé Necromantie & autres
telles ordures de ſorcelleries vaines, ridicules & inutiles à
tout : hors-mis à effaroucher les vieilles & petits enfans.
Telle encores eſt celle ſublime & eſleuées Aſtrologies iudi-

Celles eſtre nommées ſciĕces fauſ-ement, qui ne tirent leur ſource de Philoſo-phie.

alchimiſtes trompeurs. Magiciens, & Necro-mans trom peurs.

Aſtrologie Iudiciaire trompeuſe.

ciaire, qui de ſa pernicieuſe fecondité nous ha produit vn
incroyable nombre de follies de ſon eſpece, comme Geomantie, Onomantie & quelques autres telles Manties, ou (plus
vray) Menteries : tant eſlongnées de toute dignité Philoſo-
phique, que nul des anciens Philoſophes, qui ſoit demeuré,
par teſmoignage de quelque illuſtre monument digne du
nom de Philoſophe, ſe trouue les auoit d'aigné nommer tant
ſeulement. Et quand ceſte Aſtrologie (pour ne parler point
des autres) ſeroit accompagnée d'autant de certitude qu'elle
ſ'en promet, ie confeſſe vrayement ſon merite eſtre tant excellent, que toute autre ſcience ſeroit inſuffiſante (pour en
parangon) luy approcher de rien : & ſeroient par ceſte raiſon tous les Philoſophes, qui par le paſſé ſe ſont (en eſcriuant) penſé acquerir quelque haut lieu de reputation l'ayant
obmiſe, trompez ignoramment. Meſmes Platon & Ariſtote, deux ſinguliers miracles de l'humaine eſpece, ſeroient à
grand tort ſurnommez l'vn diuin, & l'autre tout-ſachant.
Vrayement liſant leurs œuures entre-ſemées, voire remplies
de toutes ſortes de doctrines, vous ne trouuerez qu'ils ayent
aucunement traité ceſte maniere de Diuination, combien
qu'en pluſieurs paſſages de leurs liures, l'occaſion ſe ſoit pre-
ſentée d'en eſcrire fort commodément : & (ioſe-dire) tres-
neceſſairement. Le Diuin Platon, deſcriuant la nature du
Monde apres Timée, auroit-il oublié inaduertémment (diſcourant les Cieux) vne tant rare & ſinguliere efficace Celeſte? Faiſant raconter les myſterieux ſecrets du Deſtin des
Parques, & de la neceßité, auroit-il enuieuſement priué
les eſtoilles du principal maniment, que leur en donne ceſte
diuinatrice Aſtrologie? Et le tout-ſachant Ariſtote, ayant
eſcrit quatre liures expreſſément du Ciel, & vn du Monde,

(contre les belles demonstrations astronomiques semées en
ses problemes) se seroit-il laissé tant negligemment glisser
ceste occasion des mains, que traittant la substance, la forme, le nombre & mouuemens des Cieux, il n'auroit tou-
ché seulement (en passant) la cognoissance de ces admirables
effectz? Quoy? Rendant raison des Meteores & apparences
aëriennes faisant l'histoire, & recerchant la generation &
nature des Animaux, où il n'oublie les accidens monstreux
& des-naturez, pourquoy n'attribue il les causes de l'infinie diuersité en sexes, formes, qualitez, & autres choses, à
l'influence du Ciel & des Estoilles? Ie ne croy que personne
responde l'artifice de ceste profession leur auoir esté caché &
incognu: veu qu'ils sont tenuz pour ceux, ausquels Nature
ha voulu faire preuue de quelle perfection l'esprit humain se
peut rendre accompli. Moins se dira qu'en leur siecle si belle
curiosité n'eust esté encores descouuerte: car Eudoxe, con- Eudoxe es-
temporein & auditeur de Platon, Astronome & Geome- criuit côtre
tre excellent, reprend expressément les Chaldées qui estoient les Chal-
dées Astro
logues.
farciz de telles superstitions: & à la verité ceste vanité ha
trouué tousiours grand nombre de cædules dés la plus ancienne memoire, comme (selon la nature de deux contraires)
le mensonge est aussi vieil, que la verité, qui luy est opposée
de toute eternité: tellement que l'ancienneté & le nombre
des professeurs, sont sa seule preuue (puis-que de raisons
nous n'en cognoissons point:) Si bien (dira quelqu'vn) ces Obiection
grands Philosophes n'ont escrit de l'Astrologie, si se voit-il pour l'As-
trologie.
que quelques-vns de ceux qui en ont escrit, ont esté diserts
& bien-disans Philosophes. I'enten assez quelle part tend Response à
ceste obiection, & sçay bien qu'entre les Latins plus excel- l'obiection
lens, Manile (qui cautement sous ombre de poësie s'est don- Manile.

b ij

né liberté de stile fabuleux) & Iule Firmique, Materne: &
entre les Grecs Ptolomée iouïssent des Premiers lieux. Manile, vrayement, & Ptolomée furent Mathematiciens subtils & excellens (honneur lequel Materne ne se trouuera
meriter amplement.) Mais qu'ils ayent esté autant aiguz
examinateurs des raisons naturelles , que diligens obserua-
teurs d'apparences Celestes , & subtils à calculer diuers
mouuemës , ie ne le pourrois croire aux froides raisons qu'ils
donnent pour cause de la vertu & qualité , dont ils asseu-
rent les Astres exercer tant d'effects dessus les corps inferieurs. Et qui ne voudra m'accõpagner en ce doute, conside-
re comme Materne philosophe ingenieusement s'estendant
sur le sens & diuine prudence des Estoilles , qui escoulent
çà bas l'Ame dedans les corps terrestres , souz la necessité de
certaines loix, qui font seruir le Soleil de porte pour desten-
dre, & la Lune de porte pour remonter . Il vouloit possible imiter la Theologie Persienne, qui appelloit le Monde
elementaire vne cauerne d'Ames, laquelle Homere surnom-
moit Dithyre , ou à deux portes , entendues par les deux signes du Brumal Capricorne, & du Cancre Solsticial. Mais
luy soit pardonné ce trait poëtique , c'est à dire fabuleux, s'il
ha plus pertinemment argumenté , sur la response donnée
par Socrate au Genethliaque , qui le iugeoit peruers & de
mauuaises mœurs, remonstrant que la prudence & authorité des vertuz auoient vaincu la mauuaise inclination. De
cecy (adiouste Materne) est à entendre ce-que nous souf-
frons , & qui nous esguillonne , proceder des Estoilles: mais
ce-qui nous fait resister estre propre à la diuinité de l'Ame.
Ceste conclusion ne me fait pas grand force: car il semble que
Socrate par ceste modeste confession , feignant d'excuser

Zopire, qui par Physionomie & non par Astrologie estoit
si bon deuin, n'oublia rien de sa louange, rendant à son Daimon (duquel il se disoit iamais n'estre incité, bien que retiré
quelquefois) l'authorité accoustumée. Zopire cogneust au
front, au visage, aux yeux, au gozier de Socrate, qu'il estoit
stupide & luxurieux: soit ainsi. Mais où sont les Cieux &
les Estoilles, instructeurs de ceste cognoissance? Ils n'y furent aucunement appellez, ny confessez par Socrate, qui re-
cognoissant les humeurs naturelles pour causes des vices, &
non les Astres, remercia son estude, sa volonté & sa pru-
dence guidée par ce Daimon, du chastiement de la complexion mauuaise. Au reste ie ne veux luy refuser toute creance à ce grand recueil des contes, dont il pense fortifier sa cause: combien que ie sçache assez, que les Deuins ne sont armez pour plus seures raisons, que d'infiniz exemples, men-
songers la plus part. Mais quand ce seroient Histoires veritables, l'on n'y pourroit trouuer assez de raison pour preuue de chose tant importante, en laquelle les mieux formez
argumens seroient expressément requis. Et puis que tout ce
que Materne dit soit aduenu, ha-il pourtant prouué que ce
fust souz la deliberation & bon vouloir du Ciel & des
Estoilles? Aussi peut estre cestui-cy reproché, comme ayant
faute de bon sens naturel en plusieurs lieux: mesmes aux
supputations Mathematiciennes, lesquelles il ne deuoit igno-
rer, où il s'est trouué tant mal exercé, qu'escriuant les effets de
Mercure par les douze demeures du Ciel, il le dispose de nuit
en la dixiesme maison: impertinence trop ridicule, veu que
Mercure n'eslongne iamais le Soleil de si loing. Faute en la-
quelle il est recheu, figurant la naissance estimée de Lollian,
où il eslongne Mercure du Soleil de quarante degrez, qui

n'eſt eſtimé le laiſſer de plus loing que trente-huit ou trente-
neuf, combien que la difficulté de l'obſeruation de ceſte Planette rende ſon mouuement peu cogneu d'aſſeurance : &
diſpoſe Venus à cinquante degrez loing du Soleil, lequel elle
n'abandonne que bien peu plus de quarante-huit. S'il ha
mieux entendu la grandeur des corps du Soleil & de la Lune, qu'il eſtime eſtre chacun d'vn degré, en ſoient iuges Ptolomée, Alfragane, Albategne, & les autres diligens Aſtronomes. Mais il euſt beaucoup fait pour ſoy de ne point ſ'empeſcher de reſpondre à ceux qui blaſmoient ſa profeſſion de-
uintereſſe : aumoins outre ce-que par tout il eſt plus abon-
dant en parolles ſuperflues qu'en ſentences limées de bon iugement. Il n'euſt deſcouuert, comme il eſtoit mal expert en
recueil de conſequences naturelles, argumentant ainſi :

Opinion er
ronée de
Materne,
Mathemati
cien.

De toutes choſes les principes ſont la plus grande
difficulté : les mouuemens du Ciel ſont les principes
de ceſte diſcipline, *c'eſt à dire de la Iudiciaire*, donq la
cognoiſſance des mouuemens Celeſtes eſt plus difficile que celle des iugemens. *Puis il adiouſte :* Ores
puis-qu'il appert que plus grande fut la difficulté de
cognoiſtre les mouemens, que de diffinir les effects
& influences Celeſtes, que debattez vous contre la
ſcience, laquelle vous confirmez par confeſſion des
principes, & aueu d'vne ſienne partie ? I'ay ſouue-
uance que ſur ce fondement il eſtend vn long ſyllogiſme, par
lequel il ſe perſuade ſoy-meſme, que ſa diuinatrice ſoit la
vraye Aſtronomie, princeſſe des Mathemates : & que ſi les
mouuemens des Eſtoilles viſibles & obſeruables, comme
apparences corporelles, ont eſté cognoiſſables, les effects &
influences procedantes par les rayonnemens de l'vn contre

l'autre, sont beaucoup plus aisez à cognoistre : persua-
sion si legere, que ie me pourrois auec plus de raison asseu-
rer de sçauoir par la seule veuë la secrette puissance de
l'Aimant, ou de l'Ambre : & la cause pour laquelle celuy
attire le fer, & cestuy le festu, puis-que leurs iaunes &
noirastre couleurs me sont cogneuës. Par mesme raison
sera facilement le plus grossier païsant accompli Philoso-
phe naturel & Medecin, si par consequence du facile choix
qu'il pourra faire des couleurs d'vne à vne autre fleur,
ou de la saison en laquelle elle se monstre, la secrette facul-
té des herbes luy est encor cogneue plus aisément. Mais en-
tre les plaisantes instructions des-quelles il veut orner son
Mathematicien (puis-que de ce nom il abuse ordinaire-
ment) pour le rendre admirable, celle est notable insigné-
ment, par laquelle il l'aduertit de se garder sur tout de
respondre aux interrogations faites sur l'estat de la Repu-
blique, ou la vie de l'Empereur. En bonne foy ie ne croy
point qu'ailleurs se puisse lire vne plus stupide digression:
car outre sa comparaison, qu'il ameine des Aruspices, aussi
croyables en leurs predictions fondées sur la considera-
tion des entrailles des bestes sacrifiées, qu'est cestuy en son
friuole recueil d'Apotelesmes amassez, comme billets, inter-
prettes des forts de Hercule Buraïque, ou comme vers dis-
posez Arithmetiquement au liure des prophetiques Dez. Il
discourt que l'Empereur de Romme est seul exempt des in-
fluences celestes : car (dit cest homme subtil) l'Empereur
n'est point subiet au cours des Astres, & est seul sur le De-
stin, duquel les Estoilles n'ont aucune puissance, ou dispo-
sition. Or tienne donq qui voudra Iule Materne pour au-
theur receuable. Quant à moy, ce trait me laisse telle opi-

Abus des
Prognosti-
queurs.

nion de sa bonté & de son iugement, que la verité entre ses mains me seroit soupçonnée. Aussi ayant à donner quelque foy à ceste profession, puis-que cestuy, qui pour le respect de son stile, se sentant encores de la Latine antique naïueté, est leu & receu entre les bons autheurs, se trouue vain & de nulle authorité : tous les autres, comme Cuide Bonat, Ba-chon, Alcabice & son facond commentateur Ioannes de Saxonia (qui compare l'Astrologue Diuinateur au Me-decin, laissant le vray Mathematicien Astronome, qu'il nomme Calculateur en comparaison d'Apoticaire, estimant ainsi les Astronomiques supputations moins honorable oc-cupation que sa Diuinatrice, la maistrise de laquelle il dit n'estre empeschée pour l'erreur d'vn degré au vray lieu d'v-ne Planette) Haly faussaire de son Ptolomée en cent endrois mesmes en son inuention de l'Alcocoden, Messahale, Alman-sor, Albumasar, & Zahel. I'adiouste ces liures imposteurs faussement & d'vne insupportable impudence attitrées à Moyse, auec l'Aneau d'oubly, par lequel il esteingnit l'A-mour dont Thaïbi brusloit pour luy : & à Seth & à ses en-fans, que ces fols feingnent auoir escrit en pierre, pour trôper l'outrageuse ruine du Deluge préueu per eux deux cens tren-te ans apres la creation d'Adam : & les autres à Pythago-re, Platon, Aristote. Tous ces liures barbares (veux-ie dire) & ainsi surnommez, pour, sous la venerable authorité de ces grands Philosophes & personnages antiques, trouuer place entre les simples curieux, & malicieusement suborner les esprits flexibles, encores tendres, & peu armez de rai-son, pour descouurir les cautelles tendues, doiuent estre lais-sez trop honorablement enseueliz en la poudre, & mangez d'artaisons, pour en leur lieu meritément sur tout autre (&

ie puis

ie puis dire vniquement) rappeller Ptolomée, qui s'appuye
toutefois sur des causes naturelles tant mal accompagnées
de raisons persuasiues, que luy estant creance refusée, l'A-
strologie Iudiciaire se tienne seure d'auoir cause perdue.
Qu'ainsi me soient les Muses fauorables, & ainsi puisse
estre ceste mienne opinion receuë de vous aggreablement,
comme i'ay en reuerente admiration la viue perspicacité &
l'esmerueillable diligence de ce prince des Mathematiciens,
qui semble auoir esté au ciel pour en rapporter la certaine
mesure, & nous monstrer seurement de quel pas les Estoilles & Planettes cheminent. Mais quand de Mathematicien il se veut transformer en Philosophe, & rendre naturelle raison des effects desquels il croit çà bas les astres estre
cause: il deuient si froid & foible d'argumens, que la verité contraint toute personne de moyen iugement de luy nier
la meilleure part de ce, dont il veut estre creu: mesmes en ce
qu'il reduit vniuersellement toute prediction des choses aduenir à l'obseruation des constellations euidentes, & aspects
du Soleil & de la Lune, & aux significances des autres
Estoilles, pour en priuer entierement la vertu de Nature:
de la contemplation de laquelle il fait si peu de cas, qu'il la
desprise comme inutile en cecy, combien qu'incontinent apres
ce sien iugement il confesse, que non seulement les hommes
indoctes, ignorans & incapables de toutes obseruations celestes, mais encores les brutes animaux sont capables de certaines predictions: Capacité vrayement, dont ils semblent
estre douez de Nature, laquelle il despouille de ceste puissan-
ce, puis que l'aide des obseruations ne leur y sert de rien.
Mais il s'est beaucoup plus oublié, comme les Peripatetiques
le conuainquent (assignant raison de la puissance & facul-

té des Planettes). La Lune, dit-il, ayant à cause de l'illu-
mination, de laquelle le Soleil l'esclarcit, quelque chaleu-
reuse faculté, rend toutefois mols & humides les corps
qui luy sont principalement subietz & les incline à pourri-
ture, tirant ceste humide qualité de la Terre sa voisine, d'où
s'eslieuent les humides exhalations. Ceste faute vrayement
ne peut estre excusée, & n'y ha faueur, qui la luy peust pas-
ser souz quelque desguisement: tant pource-que les exhalations ne montent iusques à elle, que pource-que le Ciel, &
les corps Celestes, purs, & simples de substance, & de qualité, ne sont d'Elementaires substances, ou subietz aux Elementaires passions, pour se pouuoir l'vn l'autre eschauffer,
humecter, refroidir, ou deseicher, ou se sentir d'aucune pri-
uation par eslongnement, ou communication par approche
de quelque Element. Cecy est contre ce-qu'il asseure (conti-
nuät en la description de la vertu de Saturne, lequel il qua-
lifie d'extreme froidure, & quelque secheresse, à cause de la
distance, de laquelle le Soleil & la Terre luy sont eslongnez.) Raison aussi pertinente, qu'il est pertinent de dire Iupiter estre temperé, pource qu'il est disposé entre Saturne
froid, & Mars chaleureux, voire bruslant & desseichant,
selon la menace de son ignée & enflammée couleur, & comme il est seant au voisinage, qui le fait si prochain du Soleil:
souz lequel est assise Venus douée de pareille efficace de tem-
perie que Iupiter, bien qu'à raison diuerse: car sa telle-quelle
chaleur est donnée par le Soleil voisin, mais l'humidité, dont
elle abonde (ainsi que fait la Lune) luy vient par l'attra-
ction que fait sa rayonnante lumiere, des exhalations humides de la Terre: pour la prochaineté de laquelle Mercure
disposé sur la Lune, est pareillement humide: & pource qu'il

n'abandonne le Soleil que peu loing, quelquefois il deſſeiche
les humeurs. Vrayement i'ay apprins auec les diſcours de
Nature, que toute chaleur fait ou plus ou moins violente
action, ſelon la grandeur de la lumiere, ſelon qu'elle eſt reſ-
ſerrée, & raſſemblée en ſoy, & ſelon qu'elle eſt prochaine. *Moyens du plus ou du moins de la chaleur.*
Icy deſirerois-ie d'apprendre quel argument de chaleur Ce-
leſte nous pouuons auoir autre que les raiz deſquels, exce-
ptez le Soleil, la Lune, Iupiter & Venus, toutes les Eſtoilles ſont priuées pour nous: mais ayant confeſſé ce doute eſtre
leger : & donnant à Iupiter, Mars & Venus qualité chaleureuſe pourquoy ne ſentons nous Iupiter plus grand, &
plus lumineux que Mars, auſſi plus chaleureux? Si l'eſlongnement en eſt cauſe, pourquoy eſt Mars plus lointain, &
moins lumineux que Venus, deſſus elle exceſſif en chaleur?
Pourquoy n'eſt Venus (l'ordinaire compagne du Soleil) autant ou plus bruſlante que Mars? Foibles certes ſont les
raiſons, qui qualifient les Aſtres Elementairement: & telle
eſt la Philoſophie de Ptolomée, quand il prouue naturelle- *Philoſophie de Ptolomée.*
ment la faculté des Planettes. Quant au denombrement
des Eſtoilles fixes, & de leurs qualitez, il ne rend aucune
digne cauſe, non plus que des Maſculines, Feminines, Iour-
nelles & Nocturnes. Quelle follie! Venus & la Lune ſont *Les Planettes n'eſtre d'aucun ſexe, ny nocturnes.*
humides, & à cauſe que telle qualité eſt abondante au ſexe
feminin, les voila prouuées feminines. Saturne, Iupiter,
Mars & le Soleil, ſont maſculins : Eh comment ! Saturne
(dit il) eſt froid & ſec, qualitez mal aſſemblées pour la ſeconde vigueur maſculine. Et Mars, qui bruſle & ſeiche
extremement, ne doit-il pluſtoſt eſtre dit ennemi des deux
ſexes, qui requierent vne gracieuſe temperature de chaleur
& d'humidité? Mais qui refuſe ces Elementaires qualitez

aux Planettes, elles demeurent en leur pure condition Celeste affranchies de noz sexes: & ne pourront estre nommées
Iournelles, ny Nocturnes, laissant Mars en iouissance de
continuelle clarté, puis-que l'ombre de la terre, mere de la
nuict, ne s'estend point outre la Sphere de Mercure. Vrayement i'admireray les Iudiciaires en amende honorable, s'ils
donnent raison naturelle receuable & non fardée, pourquoy
le Cancre soit froid & humide, veu que le Soleil de celle part
du Zodiac nous eschauffe plus ardemment: & le Sagittaire chaut & sec, veu que le Soleil passant par là, nous laisse
çà bas glacer des plus gelées & humides froidures. Ie ne
voy comme doit estre receuable tel ramaz de superstitions si
despourueües de raison, ou preuue qui leur donne tant soit
peu d'apparence, que toute moyen defaut pour fournir
d'excuse à Ptolomée: sinon, disant telles resueries auoir esté
faussement attitrées souz son nom. Toutefois puis-que luy
desrobant ce labeur d'entre les autres, ce seroit sans aucu
s'opposer cötre l'opinion de l'entiere troupe des doctes & let-
trez: & qu'un personnage de tant laborieux estude & rare
erudition, se fait inger grossier à faute de raison, pour demonstrer & soustenir la verité de la iudiciaire, ie ne sçay
qui voudra esperer, que le reste des professeurs, allaittez de
friuoles superstitions par vile & ignorante barbarie, y puis-
Amorces &
cautelles
des Iudi-
ciaires. sent mieux suffire, ou la sachent assoir sur fondement plus
ferme. Ie me suis vrayement bien apperceu que ceste impo-
sture promet des choses tant desirables, & emmielle si fine-
ment, comme un autre: sinon certaines petites veritez, ou
vray-semblances parmi ces mensonges monstreuses, que
mal-aisément d'auec elle peut eschapper, sauue une credulité. Si est-ce que i'asseure, à qui voudra non croire de leger,

mais regarder de pres, qu'en place des miracles & grandes
vtilitez dont il nourriſſoit ſon attente, il ne recognoiſtra que
menteries ridicules & fables plus que fabuleuſes, eſtançon-
nées ou d'opinions nues, ou pour toute grande ſeureté, de foibles & incertaines coniectures. Et que ſ'ils rencontrent
quelquefois la verité, ils ont à en remercier fortune, laquelle
ainſi qu'à ceux qui cerchent quelque choſe taſtonnant de
nuit, le leur met en la main: ou la ſimplicité de celuy, qui, venu au conſeil, aura par ſes propres reſponces aux cautes demandes du Deuin deſcouuert ce-qui luy eſtoit caché: ainſi
ou par eſſay de pluſieurs diuinations iettées au hazard: par
hazard quelquefois rencontrera du vray: ou par cautes &
ſecrettes informations ſe fera donner tel aduertiſſement, que
en apres le deuiner luy ſera bien facile: meſme en choſe paſ-
ſee, d'où ils eſlieuent les plus beaux trophées de leurs Triom-
phes. Neantmoins, tout ce (diſoit Phauorin) que par hazard ou par cautelle ils deuinent au vray, n'eſt la millieme
partie de ce, en quoy ils ſe font menſongers. Vous ſçauez les
quatre raiſons par leſquelles ce grand Phauorin, oſtoit l'authorité des Deuins, & perſuadoit la curioſité en eſtre inutile: Ce qu'Anaxarche remonſtra à Alexandre, luy prouuant
que les predictions eſtoient fauſſes & incertaines, ou du
moins inutiles: Car (diſoit-il) ſi les choſes ſont ſubiectes au
deſtin, elles ſont incogneuës aux mortels: Et ſi elles ſont rapportables à Nature, elles ſont immuables & ineuitables.
Mais pour toucher à noz Iudiciaires, penſez que Guido
Bonatus, & toute celle troupe barbare, ont ſubtilement
diſcouru, quand (ſuiuant Ptolomée, qui rapporte aux
Eſtoilles du Zodiac la cauſe, non ſeulement des mœurs vicieux ou vertueux qu'ils ſoient, mais encores la diuerſité des

polices & religions entre diuerses nations) ils assuietissent les miracles de IESVS-CHRIST, & de ceux, qui souz ceste religion ont fait œuures admirables, aux constellations Celestes. Opinion, laqulle ie m'esmerueille auoir esté suiuie par Cardan, duquel ie ne puis faire que memoire honorable: & qui, estimé laborieux & subtil aux disciplines, laisse par l'erreur où il s'est desuoyé auec la Iudiciaire (en laquelle il ne s'est iamais sçeu trouuer vne constance, non au plus vulgaire & premier fondement, qui est de figurer douze maisons celestes assez receuable exemple) combien contagieuse est la conuersation de ceste superstitieuse imposture : Et ne luy soit chargée l'inconstance pour coulpe, qui, comme necessaire compagne d'vn art tant incertain, est commune à tous ceux, qui onques s'en feirent professeurs. Ce-que Ptolomée mesmes n'a sçeu celer en autruy, ny euiter en soy : rapportant en diuers lieux (mais bien expressément au premier liure de ses Iugemens) la diuersité d'opinions entre les Egyptiens & Chaldées, qui sont reputez de plusieurs auoir les premiers prins garde de quel œil le Ciel regardoit ce monde inferieur. Il desdit neantmoins ores les vns, ores les autres : tellement toutefois , que, qui voudra le mirer de bien pres (comme ha fait Albumasar, souuent son aduersaire) pourra choisir en luy la tache d'inconstance : d'où necessairement se peut conclurre, qu'estans differens en aduis : ceux-cy, ou ceux là demeurent menteurs inexcusables. Cela ha, possible empesché, qu'en aucune Republique ancienne (que i'aye souuenance d'auoir leu) ne se trouue ny statue esleuée, ny inscription honorable , ou louange ordonnée par vn publiq edit aux Diuinateurs : comme il s'en peut voir par les Histoires aux Mathematiciens & Architectes : ainsi qu'a Archimede

à Siracuse : & par les Rhodiens à Diognete, qui indu-
strieusement feit leuer le siege de Rhodes à Demetrie, surnommé Poliorcete, heureux à la prinse des villes, & perdre sa monstreuse Helpole, machine bellique, auec laquelle il auoit esperé pouuoir forcer la place. Ctesiphron Gnosien,
qui feit le fameux Temple de Diane en Ephese. A Dinocra-
te aimé d'Alexandre, duquel pareillement Appelle, Lysippe,
& Pirgolette furent tant honorez que nul eust osé peindre
son image qu'Apelle, ny grauer que Pirgolette, ou releuer
en bronse que Lysippe. Les Medecins ont receu si grand
part d'honneur entre les hommes, que les Diuins ont esté de-
diez à Chiron, Machaon, & d'Hypocrate, & auquel la
Grece ordonna mesmes honneurs qu'à Hercule. A Cleom-
brote Cée, qui pour auoir gueri le Roy Antioche receut pu-
bliquement aux festes Megalenses la valeur de cent soixante mille escuz du Roy Ptolomée. A Critobule, qui tira vne
flesce hors de l'œil de Philippe Macedonien, & luy rendit la
veuë : Au Prusien Asclepiade : A Podalire ou Esculape,
auquel souz sur-nom d'Archiatre, les Romains leuerent vn
autel. Anthoine surnommé Musa, medecin excellent, ayant
gueri Auguste, eut par expres decret du Senat de grands
priuileges & immunitez, dont ceux de son Art long temps
apres en memoire de luy furent fauorisez : Mesmes il fut
honoré d'vne permission de porter l'aneau d'or, bien qu'il fut
libertin : Car l'ancienne coustume de Rome estoit, que seullement il estoit permis aux Senateurs, ou aux Cheualiers
(si vous receuez ce mot pour ceux qu'ils disoient estre Eque-
stris ordinis) de porter l'aneau d'or. En ce mesme temps
Athenodore de Tarse, ayant esté maistre d'escolle d'Auguste,
receut vn honneur merueilleux de ceux de sa ville, qui en sa

faueur auoient esté deschargez de tous imposts par *Auguste*:
Et fut cest honneur d'vne feste solemnelle, qui estoit celebrée
tous les ans en son nom comme d'vn demy-dieu. Ie ferois
icy vn recueil de diuerses histoires superfluément à vous, qui
sçauez quels honneurs ont esté portez anciennement aux
Empereurs & Gendarmes vaillans, tant Grecs que Romains & Barbares: & aux Philosophes & Poetes de l'v-
ne & l'autre langue: mais ie ne sçaurois alleguer memoire
publique plus fauorable aux Deuins, que de mort, de bannissement, ou de semblable ignominieuse puniton. *Tybere* les

Edits igno
minieux cõ
tre les Pla-
netaires.

dechassa par Edit seuere & rigoreux, cõme aussi feit *Vitelle*,
lequel leur ordõna certain iour pour tout delay, dedãs lequel
sur griefues peines, ils sortiroiët de toute l'Italie. A ce mesme
effect expressément les loix de *Diocletian*, *Maximian*, *Con-
stantin* & autres furent publiées, cõme contre vne secte inutile & mensongere: de laquelle *Valentin* & *Valens* Empereurs auoient tant d'horreur, qu'autant iugeoient ils cou-
pable le disciple, que le precepteur: & ha esté tant ceste secte odieuse, que mesme les Poetes anciens, figurans les vertuz recompensees & les vices punits, n'ont oublié de la poin-
dre souuent. Quiconques soit le premier autheur de la fable

Fable d'Ica
re & de De
dale.

Icarienne & Dedalienne, me semble auoir fort subtilement
figuré quelle difference est entre le Iudiciaire presomptueux
(souz le nom d'Icare) & le modeste Philosophe naturel ou
Mathematicien tout formé de raison: car *Icare* (i'enten le
Diuinateur temerairement esleué sus vnes æsles mal iointes) se haussant iusques au Ciel, d'où il pense extraire les
causes secrettes, & là orgueilleusement s'accompagner trop
familierement des Astres, tombe par vn precipice ruineux
en la mer profonde de mensonges. Mais *Dedale*, singlant

en

en region moyenne de l'ær content de ne toucher le Ciel qu'a-
uec les yeux, c'eſt à dire le philoſophe Naturel ne ſ'empeſchant qu'autour des matieres Elementaires, où l'Aſtronome
Mathematicien, conſiderant ſans plus les mouuemens obſ-
ſeruables des Cieux, eſchappe du labyrinth de confuſe
ignorance, d'où Icare eſperant ſe ſauuer, retombe en lieu
plus perilleux. Telle punition encourut Bellerophon, qui
pendant que l'Air luy fut aſſez haute entrepriſe, adextre-
ment ſe teint ſur le cheual ailé: mais quand il eut deſſeigné
de viſiter le Ciel, le fruit de ſa preſomption fut vne peur, qui
haſta ſa deſcente d'vne cheute mortelle. Le Curieux eſcou-
té de la compagnie fort ententiuement, deſcouurit (ſouz
pluſieurs fables anciennes) aſſez de telles allegories, tendant
à perſuader que vainement l'on rapportoit les cauſes des effects de çà bas au Ciel. Puis apres quelques raiſons à ce
propos, continuant, adiouta. Mais à fin que ie ne ſois eſtimé croire le Ciel tout pouure & priué de puiſſance, ie confeſſe & recognois de luy les deux plus neceſſaires choſes, qui
ſouſtiennent & accommodent noſtre vie: ce ſont la Chaleur
& la Lumiere. La chaleur enten-ie non ignée, ou aërien-
ne: mais premiere qualité pure, ſimple & non contraire
aux qualitez Elementaires: voire, ſans laquelle le froid ne
pourroit refroidir, ou la chaleur eſchauffer: Brief conte-
nant d'vne ſinguliere ſimplicité les qualitez de tous les Elemens, comme ſa lumiere toutes les lumieres, & ſon mouuement circulaire tous autres mouuemens. Et pour mieux
me declairer, ie veux dire qu'il eſt vray, la qualité chaleureuſe Elementaire eſtre comme plus parfaite qualité, plus
reſſemblante à celle celeſte chaleur, laquelle toutefois ne laiſſe la froideur ſans benefice de ſa ſimple purité: ainſi que le

Fable de Be
lorophon.

Vrayes fa-
cultez du
Ciel, cha-
leur & lu-
miere.

Chaleur ce
leſte, pure.

Lumiere ce
leſte.

blanc est bien confessé plus approchant de la qualité lumineuse, que le noir son contraire, qui toutefois est conservé
par la lumiere, sans laquelle il n'auroit efficace d'obiect.
Ceste chaleur donq est celle, qui attirant en l'air des vapeurs
& exhalations, sert de cause à toutes les impressions &
apparences aëriennes, par ce moyen rapportables aux
Cieux. Au reste, ie nie toutes ses influences, desquelles on
les feint gracieux, ou mal faisans aux corps inferieurs :
car la menue particularité des corps infiniz tous differens (ie dy d'vne espece produits souz vne mesme eleua-
tion Polaire) à mesme heure, voire mesme moment ho-
raire, conuainq les influences estre de nul effect, puis-que
malgré elles deux concurrens à leur naissance en egalité
de toutes ces rencontres d'Espece, de Climat & d'Heure,
se voyent differens de teint, de taille, de meurs, de fil vital & de toute autre chose. Et si la comparaison de la
vistesse de la roüe Nigidienne leur peut seruir d'excuse, qu'ils
confessent de mesme l'amaz de leurs Apotelesmes estre faux

<table><tr><td>Vistesse du
mouuemét
celeste.</td><td></td></tr></table>

& inutile : car la viste course du tournoyement des Cieux,
auançant en vne soixantieme minute d'heure, ou en la mille
quatre cent quarantiesme partie d'vn iour, plus de trois cens
trente-quatre de noz lieuës, ne donneroit loisir suffisant de
choisir le moment arresté d'vne naissance pour former la
figure du vray estat du Ciel, & auroient esté trompez les
premiers Iudiciaires, qui par leur experience estimée pense-
roient auoir composé des reigles certaines de choses incom-
prehensibles. Qu'ils n'esperent impetrer de moy quelque foy

<table><tr><td>Les Meteo
res non rap
portables
aux Astres.</td><td></td></tr></table>

en leurs constellations dispositiues de bien : car outre celle chaleur Celeste, d'vne excellente partie (de laquelle le Soleil est
ministre, & de laquelle i'ay dit les vapeurs & exhalations

estre attirées, puis diuersement dissolues, & par vne viciſ-
situde Elementaires)transmuées, il ne se peut prouuer que le
Ciel ait aucune puiſſance en l'effect des Meteores. Que sert-il
de les semondre importunément de rendre raiſon, ſi ces naturelles ratiocinations de Ptolomée sont friuoles, comme ie
vien de dire? Et ſi l'experience ordinaire les rend menson-
gers tant prouuez, que Saturne ordinairement contre leurs
predictions laiſſe les portes closes au vent Oeſt Occidental:
Mars à l'Oriental Eſt : Venus à Sud : & Iupiter à Nort?
Venus & Mercure eſtans en lieu humide, ou en aſpect de
Saturne, ne rendront la saiſon pluuieuſe. Brief (à qui y
veut prendre garde) semble que l'Air se plaiſt de contrarier
les propheties de ces Prognoſticateurs inſolens, & de leurs
Apoteleſmes ridicules. Ie n'ignore point, que, selon que la
Lune se monſtre à nous croiſſante & tédante à atteindre la
perfection de sa lumineuse rondeur, viſible à noſtre partie:
certains membres d'Animaux, & certains Animaux entiers, ne soient remplis & abondans de plus copieuſe humidité. Ie ſçay aſſez l'obſeruation des Iardiniers auoir recognu
vne seconde vertu en la Lune en defaut & croiſſance pour
cueillir greffes, anter & transplanter arbres, pource que
la viuifique & ſalubre chaleur de la Lune croiſſante, selon
l'accroiſſement de lumiere, en-vigoure la nature nourriſ-
ſante des Animaux, & vegetante des plantes par accroiſſement d'humidité non ſuperflue, mais propre à donner accroiſſement de ſubſtance aux Animaux, & aux plantes:
tant elle a de naturelle proprieté, à la ſemblance du Soleil,
pour attirer l'humidité d'vn centre, comme on diroit, iuſques à la ſuperfice: d'où poſſible se fait receuable la cauſe du
cours & recours marin. Auſſi nous ſuffiſe d'embeſongner

en ces commoditez noſtre, ces corps illuſtres, ſans les aſſer-
uir ordinairement à nous : comme ſi les ſubſtances Celeſtes
eſtoient empirées de valeur, & dignes d'eſtre blaſmées d'oi-
ſiueté, leur defaillant l'occupation continuelle de diſpoſer de
noz priuez affaires, & s'aſſeoir viz à viz en regard fauo-
rable, pour tenir la bride de noſtre ſort en main : Et comme
ſi, puis que noz cognoiſſances ne s'eſtendent ſeulement auſſi
loing que la veuë, outre ce-que nous comprenons, rien ne
ſoit digne d'empeſcher les Eſtoilles. Et comme ſi à l'agence-
ment des conditions de ceſte petite pongnée de matiere Ele-
mentaire groſſiere & inconſtante (ie dy à bon droit petite
pongnée, au parangon de l'vn des corps Celeſtes ſeulement)
l'infinie grandeur & l'illuſtre beauté de tant de corps par-
faits doiue trauailler infatigablement : & non auſſi neceſ-
ſairement (ſi nous ne les voulons laiſſer ſans œuure) au ſou-
ſtenement & perpetuation de leur reciproque vigueur : ſe
monſtrans l'vn officieux & ſeruiable à l'autre d'vne con-
tr'amitié, ou concorde eternelle. Seroit ſans apparence l'o-
pinion d'vn de ceſte compagnie ſouſtenant ces beaux grands
& illuſtres corps n'eſtre vuides & deſerts, mais bien ha-
bitez de quelques animaux viuans là dedans, comme nous
& les autres eſpeces en ces noſtres Elementaires regions?
Nous trouuons eſtrange qu'vne Iſle, ou vne contrée petite
(en comparaiſon de toute la Terre) ſoit ſterile & inhabitée.
Les neiges plus froides, & les plus ardentes fournaiſes
nourriſſent des Animaux. Nous ne croyons qu'il y ait, ny
ſouz les Poles, ny ſouz les Tropiques, ny autre endroit de
Terre ou Mer deſnué d'Animaux, ou autre corps viuant
de quelque vie. Il nous eſt plus croyable que ce monde infe-
rieur doiue perir & s'annuller du tout, qu'eſtimer la moindre

Paradoxe
que chacu-
ne Eſtoille,
eſt vn. Mõ-
de.

Diſcours
uray-ſem-
blables.

espece pouuoir se perdre demeurans les Elemens entiers. Toutefois nous, sans autre esgard, entretenons noz pensees d'v-
ne creance, que le Soleil, la Lune, Saturne, Iupiter & les
autres corps celestes (confessez de plus temperée, belle & ge-
nereuse matiere, que nostre Terre, ny autre partie Elementaire) sont deserts & inhabitez. Quoy inhabitez? mais que
leur perfection illustre, ne soit en l'Vniuers pour autre chose,
que pour la commodité non seulement des corps vniuersels,
mais expres pour nostre particulier vsage & plaisir ordinaire. En bonne foy il seroit aisé de me persuader que chacune Estoille soit vn Monde habité, comme nous descriuons
le nostre Elementaire & sensible. Et que chacun de ces
Mondes particuliers ayt en soy pour le soustien de son estre,
& pour la nourriture & entretien vital des Especes, dont
il est secondement rempli, des actions, substances & qualitez vniuerselles, ainsi que nous en resentons quatre en cestuy nostre Monde, d'où nous voyons reluire les connexes
superfices du dehors de ces Mondes, comme ceux qui viuent
en eux voyent (possible) luire le nostre, qui leur semble vne
Estoille par rayonnement de la Sphere de nostre Elementaire feu, qui nous enceint & embrasse alentour. Seroient point
ainsi assez embesongnées les Estoilles en elles-mesmes, pour
n'estre estimée oisiues & inutiles, à faute de trauailler en la
disposition de nous & noz affaires? Plotin, premier entre
les Platoniques, impatient de les employer si temerairement,
me reuient en memoire, qui, apres auoir diligemment
manié l'Astrologie, & ayant apperçeu combien elle estoit
fautiue en ses iugemens, entra en ferme opinion, que telle
science n'estoit qu'vne vanité. Dequoy il ha laissé diuers tesmoignages en ses Enneades, autant de fois que quelque sub-

iet luy preſtoit l'occaſion de la confuter : & bien expreſſément au liure, où il diſpute, ſi les eſtoilles ont quelque effeƈt.
Ce grand Philoſophe eſcriuant du Deſtin, ne peut confeſſer
que le tournoyement des Cieux gouuerne tout : & que ſelon
la diſpoſition des Aſtres, ou leuans deſſus noſtre Horiſon, ou
ſe cachans deſſous, ou l'vn accommodé à l'autre en quelque
aſpeƈt, l'on puiſſe préuoir l'eſtat non ſeulement vniuerſel de
noſtre Monde, mais encores eſplucher par les menuz les ad-
uentures particulieres, & fortunes aduenir des hommes

Opinion de
Plotin.

particuliers : voire ſonder par Diuination les cachées &
profondes penſées : & luy ſemble que d'aſſuietir aux corps
Celeſtes noz volontez, noz paſſions, noz meurs : bref noſtre
vie & noſtre tout, ſans rien excepter qui fut aſſigné en nous
meſmes, & de nous meſmes, ſeroit ne nous eſtimer hommes
raiſonnables animaux, mais moindres que brutes, & maniables par autruy ſans aucune aƈtiõ procedãte de nous, ain-

Neuropa-
ſtes ou Ma-
rionnettes.

ſi que Neuropaſtes, ou mariõnettes d'vn Baſteleur : & con-
damner les eſtoilles d'vne trop miſerable ſollicitude. Auſſi
auecques luy ie croy, que ſans recognoiſtre les Eſtoilles pour
cauſes, il nous aduient infiniz accidens de l'air enuironnant,
de la region où nous ſommes habitans, de noz peres & meres, de l'inſtitution de ieuneſſe, de noz affeƈtions naturelles,
leſquelles nous auons par propre ſemence de noſtre eſpece,
& non par Celeſte influence. Ie ne me puis contenir de rire,

Ridicules
façons des
Iudiciaires
pour predi-
re au fils
par la naiſ-
ſance du pe-
re.

quand ie voy vn deuin, qui de profeſſion rapporte tout au
Ciel, comme à la ſeulle cauſe : & toutefois declaire la fortune du fils non encores conceu, par la diſpoſition Céleſte, à
la naiſſance de celuy qui doit eſtre pere : & ne voit, que
donnant à la naiſſance du pere la fortune du fils, le fils doit
mercier le pere & non ſa conſtellation, qui demeure inuti-

le, puis-que des long temps son sort est arresté. Quelle apparence de iugement y ha il de rapporter le sort du pere à la
naissance du fils? Pourquoy admirent ils le secret de deuiner
par vne figure du Ciel dressée maintenant, vne chose aduenue & passée? Par ce moyen l'effect seroit premier que sa
cause: proposition ridicule, & monstreuse en nature. Quelle
façon est-ce, entre ceux de bon sens, de iuger les accidens
d'vn frere par la naissance de l'autre? Prédire par la geni-
ture d'vne femme la mort de son mary? Comme auray-ie à
croire que le Ciel me soit cause expresse, si à la naissance de
mon pere, ou de mon frere aisné, mon destin fust desia resolu? Mais quand encores i'aurois confessé, que par quelques
Celestes obseruations l'on peust prédire, suffira ce point pour
conclure, que donq les Estoilles sont cause de la chose pré-
dite? Non-non: car grande est la difference entre estre cause d'vne chose, & la signifier seulement. Digne de moquerie vrayement seroit celuy, qui diroit les Arondelles, qui sont
reuolées en nostre region, nous estre cause du Printemps: car
il suffit assez le dire que le Printemps soit signifié par leur
venue. Ainsi quand les predictions Astrologiennes seroient
vrayes ou confessées, resteroit à considerer si les estoilles (par
l'obseruation desquelles le Planetaire deuineroit) seroient
causes de la chose predite, ou seulement signe & indice
qu'elle deuoit aduenir. Si l'on reçoit telle necessité de cause,
quel plus prompt moyen se peut trouuer pour confondre l'ordre de toute police, pour refuser à tout vertueux la louange deuë à sa bien-merence, pour pardonner au plus inique,
impie & vicieux ses messaits, & le tenir incoulpable, puis
que ce n'est luy, mais l'Astre, qui messait? Pourquoy s'essaye-
ra de chastier les affections & passions vicieuse, s'exercera

d iiij

à la vertu & cognoissance des grandes choses, souz espoir
d'acquerir quelque gloire ou honorable dignité, celuy, qui à
sa naissance aura le Soleil accompagné de Iupiter, en bien
fauorisée conionction? Sa constellation luy dõnera les grandeurs presques (comme on diroit) en dormant. De cest ordre
confessez les effects des Apotelesmes Iudiciaires, & vous
conclurez la plus confuse confusion, auec laquelle pourroit
estre vne Republique renuersée sens dessus dessouz. Il n'est
besoing que ie rapporte en ce lieu les persuasiues exaggera-
tions, auec lesquelles le Curieux rendoit le subiet, contre lequel il debattoit, haineux & auili : mais bien esliray-ie
quelques raisons entre la multitude, dont il se trouua abon-
dant, pour demonstrer les Estoilles n'estre point causes des
effects qui aduiennent çà bas. Considerez, ie vous prie,
disoit-il, quel milieu se pourroit trouuer en ces deux extremes. La plus serieuse partie de la profession Diuinatrice
s'employe à préuoir les accidens aux affaires des hommes:
desquels il est necessaire que l'action soit ou libre, ou forcée:
car ie n'y voy point de tiers. Si donq elle est libre, que librement & hardiment ils me promettent ou menassent bonnes
ou mauuaises œuures à l'aduenir, car de mesme liberté &
hardiesse ie les pourray rendre auec tous leurs Astres men-
songers. Ainsi ceste cause sera inutile : c'est à dire non cause:
car si Mars causoit en moy l'exercice du mestier des Armes,
& que l'action soit en ma liberté, quittant, ou n'ayant iamais voulu manier les Armes, quelle cause me pourroit estre
Mars? Mais si mes affaires & mes œuures succedent forcément, pourquoy me deçoit le Deuin auec l'esperance du re-
mede, ou le choix de commencer vne entreprinse souz l'aduertissement des Elections, desquelles sa science est remplie?

Peut

Peut il faire que la chose n'aduienne, qui doit forcément aduenir, & destrousser la cause de son necessaire effect? Toutefois ie voy vne industrieuse couuerture à leurs mensonges
souz l'ombre des contrarietez qui sont par les Apotelesmes
& entre diuers Autheurs: car selon l'vn, promettant du
bien, & menaffant selon l'autre, de mal, nostre Deuineur
pourra mentir, & dire vray ensemble miraculeusement,
pour ne demeurer sans miracle, puis que pensant s'accompagner par préuoyance de l'aduenir (puissance singuliere &
propre de la diuinité) de la pure intelligence de Dieu, &
transcrire les secrets escrits dedans le parchemin ou Di-
phtere Iouien, il est honteusement trompé de son opinion selon laquelle, si pour prédire à l'homme l'entier discours de
sa vie, il façonne vne figure representant la disposition des
Planettes, lumieres & Estoilles, au moment que l'homme
commença d'estre homme, ne choisit il pas impertinemment
la naissance, plustost que le moment de la conception, ou
celuy, auquel le corps formé receut ou Ame ou vie? Mais si
l'impossibilité d'assez seur aduertissement de tel momens
l'empesche, car leurs tables de la demeure de l'enfant au
ventre de la mere, sont arbitraires & incertaines) ie ne
receuray sa prediction fondée sur l'heure de la naissance,
non plus que sur l'heure du Baptesme, ou autre heure choi-
sie à plaisir: car dés long temps l'enfant est accompli de forme & de matiere. Voire que toute femme de vigoureuse
disposition confessera, qu'elle peut quelquefois differer le moment de son enfantement, & par ainsi elle pourroit par vne
industrie nouuelle rendre le Ciel fauorable à son fruict par
attente de quelque heureuse constellation. Il aduient souuent
que par faiblesse de l'enfant, ou de la mere, ou de tous deux,

l'enfant demeure quelque espace de temps né en partie, telle
fois mettant vn membre dehors, & telle fois le retirant dedans, lors que le subtil Deuin dresse sa figure, & il dira
quelque seure nouuelle. Ie luy conseille, puis que la vistesse
du Ciel change & rechange si soudainement le Destin, qu'il
nous prédise autant de differentes destinées, que l'enfant ha
de membres, ou qu'il aura demeuré à naistre de moindres
minutes, puis qu'encores n'est le doute resolu, si la naissance
doit estre prinse quand il commence de sortir, quand il est
demy né, ou quand il est issu du tout dehors. S'ils veulent
donner lieu à la partie Diuinatrice des interrogations, que
leur sert l'heure de la demande ? Seroit-il pas plus certain,
sçauoir l'heure de l'imagination du demandeur, puis-que
(selon la distance du logis, l'attente qu'il faudra auoir de
parler au Deuin, ou quelque autre occasionnée demeure) la
constellation se pourra changer cent fois ? si possible ils ne
nous forgent des tables, pour cercher sur le temps escoura, le
moment de l'intellectuelle conception de la chose desirée, comme ils ont subtillement ramassé de la conception humaine
sur la natiuité. Mais la prouidence des elections est bien plus
belle & asseurée chose : mesmes par les raisons de Guido
Bonatus. L'on luy auoit reproché, les planetaires iugemens
estre inutiles aux Elections, pource-que deux côtraires pouuoient rencontrer election de mesme heure. Deux Princes
ennemis (car tel est l'exemple, que luy mesmes se forme) cerchent vn iour esleu pour se donner bataille : l'heure se marque & à l'un & à l'autre, à certain iour d'heureux suc-
cés : auquel des deux fauorisera le Ciel, qui à chacun parti-
culierement ha promis la victoire ? Respondez (dit le bon
Guido) celuy & dites qui sera le plus fort, & qui aura vne

plus grande armée. Si on replique, Ils ſont pareils, & de force & d'armée. Celuy donq (adiouſterez vous) qui plus diſcrettement conduira ſes gendarmes (ſi on oppoſe leur prudence & diſcretion eſtre egalement balancée.) Donc (deffendrez vous) ce ſera celuy qui ſera né de nuict. Et à chacun d'eux, pourſuiura l'on, s'eſt rencontrée la naiſſan-ce nocturne. Celuy donq (reſpondrez vous) qui commen-cera le premier à combattre. Si on remonſtra qu'à meſme moment les deux armées ſeſmeuuent. Ce ſera donq (di-rez vous) celuy qui marchera d'Orient contre l'Occident. Et enfin ſi vn faſcheux vous preſſe, diſant que tous deux marchent de meſme en meſme part: pour reſolution, reſpon-dez luy (dit-il) qu'il eſt vn ſol, & ne parlez plus auec luy. Hoh, les poignantes & ſolides raiſons. Hoh, le bon ſens & iugement admirable. Auſſi que peut on eſpe-rer de raiſonnable de ce ſimple homme, qui ſe vante auoir veu vn homme nommé Richard, âgé de 400. ans? Et non content de ſi folle creance, raconte qu'à Forliue l'an 1267. paſſa vn pelerin allant à Sainct Iaques qui auoit veu Ieſus-Chriſt viuant. Ce pelerin eſtoit nommé Iean boute-dieu, pource qu'il auoit pouſſé Ieſus-Chriſt alors qu'on le menoit crucifier: Et (eſcrit ce bon Euangeliſte Guido) Ie-ſus-Chriſt luy dit: Tu m'attendras iuſques à ce que ie *vienne. Voila digne hiſtoire pour prouuer les effects des Eſtoilles. Voila diſcours de viue perſuaſion. Mais pour re-tourner aux naiſſances, ie ſçay bien que l'obiection de deux Iumeaux tels que peurent eſtre Procle & Euriſthene Rois des Lacedemoniens, diſſemblables de taille, de teint, de complexion & de longueur de vie: ou Luride & Timbre chantez par Virgile en differente mort, puis de deux vmbre*

diuers lieux de diuerses meres & à heures differentes, tant
semblables toutefois en tout, qu'ils ne peuuent estre discer-
nez l'vn de l'autre, semblera trop vulgaire. Si est-ce que
pour ne l'auoir iamais trouuée resolue assez suffisamment,
ie ne la puis oublier. Et que me diroient ils de mille, ou plus
grand nombre d'hommes tuez en vn moment le iour d'vne
battaille, ou à l'assaut d'vne ville? de trois, de quatre, ou
plus, foudroyez en vn clin d'œil d'vn mesme coup de canon?
de cent pionniers accablez en vn moment dedans les mines?
Comme se peuuent rencontrer en la disgrace de si grand nombre d'hommes, diuers de naissances, & de regions, tant de
cruelles constellations diuerses, qui les rendent tous Viotha-
nates, & les condamnent à s'accompagner en morts tant
pareilles, qu'il semble que Clothon d'vn seul coup de cou-
steau ait tranché en vn seul filet la toile de tel nombre de
vies? La ruine de la maison du Pourcelet à Lyon, demeure trop fameuse, pour auoir pitoyablement assommé, &
suffoqué les trois ieunes & genereux Seigneurs de Seneté,
Corberon & Cercy en vn moment, en vne mesme chambre,
& en vn mesme lict : desquels toutefois les naissances n'e-
stoient tant iustement rencontrées, que la Planette meurtriere les regarda de mesme infortuné endroit, & mesme œil
impiteux. Et puis ils honoreront certain amaz d'Apotelesmes recueilliz plus par legere & credule opinion, que par
vraye experience, du nom de Science, qui ne doit estre receu
qu'aux cognoissances acquise par viues & naturelles demonstrations, assises sur quelques principes & fondemens
veritables, certains, & tellement cogneuz, que les nier fust
dementir ses sens & raison naturelle. Adioustez, que si l'on
peut s'acquerir l'industrie de iuger par les apparentes disposi-

tions des *Aftres*, il faut par la confeßion des Prognofti-
queurs Aftrologues, que l'experience foit la maiftreffe, qui
forme les preceptes de telle inftruction : rapportant par diligente obferuation les effectz femblables aux femblables
caufes, en femblables figures celeftes, & difpofitions d'a-
fpects eftoilliers & planetaires. Mais auec quelle poßibilité
pourroient ils recueillir quelque femblance de figures entre-
fuiuies, pour en preuoir femblables effects, fi les apparences Aftronomiques tombent fous demonftration telle, que la
diuerfité des Celeftes mouuemes, l'vn d'vn mois, l'autre d'vn
An, l'autre de deux, l'autre de douze, l'autre de trente, l'autre
de fept mille, l'autre de trentefix ou quaranteneuf mille, que
l'Vniuers fe rencontrera en fa forme premiere, leur ofte toute
commodité de pouuoir iamais noter les Cieux deux momens
feulemet en difpofition femblable? Et fi la diligece laborieufe
de fi grand nombre d'induftrieux & fubtils obferuateurs en
diuerfes regions, & de tant plus vieille memoire, que les Babyloniens, long temps ha, fe vantoient y auoir trauaillé
quatrecent feptante mille Ans, n'ont fceu remarquer que
mille vingt & deux, ou au plus mille quatre cent feptante
fix Eftoilles, cinq Planettes, & deux lumieres, de la nom-
breufe infinité d'Eftoilles, dont nous voyons la Celefte grandeur entre-femée? S'ils ne veulent poßible nous faire croire que ceftes cy eftant fecondes de noz fortunes, & veillan-
tes foigneufemet à œil toufiours ouuert fur noz affaires, les
autres ce pendant fteriles, endormies, & pareffeufes, crou-
piffent fans puiffance inutilement au Ciel, differentes de
Nature à leurs fœurs. Donques en leurs iugemens ils ne
peuuent prendre confeil de toutes les eftoilles, lefquelles ils
cöfeffent ne cognoiftre. Ainfi pendant qu'ils empruntent vne

que l'Aftro logie ne peut auoir efté fondée fur fuffifan te experié ce.

opinion de celles là, cestes cy incognues consultent d'vn aduiz tout contraire. Et puis nous ne conclurrons pas le foible effect de l'experience? Quelle asseurance prendrons nous
des grandes conionctions, & periodiques retours des Planetes? Il est euident, que depuis mille ans reuoluz, plusieurs
fois les Planetes ont acheué plusieurs periodes de leurs
cours ordinaires, & s'en sont rencontrées en mesme lieu, &
sont meintes semblables conionctions passées: combien toutefois que les mesmes effects ne se sont iamais rencontrez.
Le Monde n'a iamais renouuellé sa forme: les mesmes Empires ne retournent en mesme lieu: ny les mesmes mœurs,
loix & religions sont renouuellées par rencontres de semblables conionctions grandes, & autres celestes aspectz d'E-
toilles, lesquelles il est euident n'estre cause de tels effectz,
puis-que tels effectz se font souuent sans elles, & qu'auec
elles ils ne rencontrent pas ordinairement. Voicy vn autre
point qui me semble les forcer rudement. Auouant qu'il y

ha des Estoilles, elles sont de deux sortes: l'vne assauoir,
ayant Ames, ou non: & estant animées, sont causes be-
songnantes en nous par puissance animale, & de conseil
aduisé: ou si elles sont inanimées, besongnent par faculté de
leurs corps seulement: comme nous voyons les effectz en ce
Monde inferieur proceder ou de corps animez, ou de corps
sans Ame: car entre ces deux differens, selon nature, n'y ha
point de milieu. Soient donq les Astres, ou substãces ou corps
animez, & qu'ils exercent en nous, ou soient cause de noz
œuures par leur animale vertu. Dites moy, de grace, si on
les magnifie comme estant de matiere & mouuement accompli de tant illustre sublimité, mesmes assis où nous ima-
ginons en noz plus esleuées & religieuses contemplations le

vray siege de la Diuinité? Il n'est pas receuable qu'elles soiët
Diuines pareillement, ou du moins beaucoup participantes
de la Diuinité? Ie tien cela pour confessé des plus profanes
Planetaires. Et dea! quel tort ont receu ces Diuins corps de
cestuy, ou de celuy, auquel ils causent tant de miserables, &
infortunées passions, ou le rendent souillé de tant de vices?
Auec quel conseil, ou discretion, sont-ils gracieux de tout
bon heur à l'vn, & nuisans à l'autre iusques à combler l'in-
fortune en excés? Sont-ils offensables par nous? Sentent
ils par noz prosperitez ou miseres, quelque contentement, ou
plaisir de vengeance? Non: car estans leurs ames tant participantes de la Diuinité, telle fragilité ne leur est adiugée: ny
moins la malice, la temerité, ou indiscretion: dont toutefois ils sont excusables, si des effectz ordinaires (que nous
apperceuons çà bas) on les dit estre cause. Effacerons-nous
la tache de cest inconuenient, pour nier qu'elles soient animées? Au contraire, il se trouueroit ridicule qu'vn corps
inanimé feist autre effect que de sa condition. Ainsi les Estoilles ne seroient cause en nous, que des effectz corporels: comme du chaut, du froid, & des autres qualitez disposées en
la matiere, & non des autres effects, desquels les Astrologues remplissent leurs Propheties. La Lune demeurera bien
cause du teint blanc: Mars du rouge: Saturne du noir: mais
aux mœurs, & conditions de l'Ame, ils n'auront que toucher: & plus ne sera Saturne l'Auaricieux, le sombre ou
melancolique. L'affable, le benin & le modeste n'aura que
remercier à Iupiter. Mars ne sera plus soupçonné de faire
cestuy menteur de foy, cruel & sanguinaire. Ny le Soleil
sera auoué sur les religieux, les nobles ou les hautains, non
plus que Venus sur les mignars, delicats, gracieux & luxu-

rieux. *Les cautelles & viuacitez d'Esprit ne seront reco-
gneuës de Mercure, ny les voyages, proffits en marchandi-
ses & honneurs populaires, de la Lune. Bref, le Iudiciaire n'aura rien à prédire sur les accidens qui peuuent aux
esprits, ou bien des esprits mesmes : luy demeurant seulement pour subiet de bien petite importance la couleur, ou
quelque purement corporelle action de noz membres : &
tout le reste de son Astrologie se promettant de deuiner les
honneurs, la religion, les mœurs, la profession & autres*

Diuers ac-
cidens rap-
portés à
autres cau-
ses que aux
Astres,

*telles choses sera faux, friuole & mensongere. Ainsi les mi-
racles se rapporteront simplement à la Diuinité, les disciplines à l'esprit, & au labeur studieux : les richesses & grandeurs, à la naissance, à la prudence, ou faueur des grands :
& vne grande part (non possible trop impertinemment) au
sort de la fortune. Bien que les Estoilles (me respondra
quelque Planetaire contemplatif) soient animées & douées
de vie,& que nous rapportiõs à elles la cause des effectz, lesquels nous sentons en nous estre pures animales actions : il ne
faut penser qu'elles soient malicieuses, pour estre cause d'vn
mauuais effect : car telle efficace ne procede de leur substance ou propre nature, mais seulement pour les dispositions &
lieux, d'où elles s'entre-rayonnent. Subtile vrayement, est*

Obiection
pour les A-
strologues.

*ceste Iudiciaire Philosophie, qui ne me laisse toutefois sans
grãd & difficile scrupule : quand ceste solution me fait soup-
çonner plus d'inconstance aux corps Celestes (muables à ce
propos, comme crestes de Paons, d'Inde, ou comme Came-
leons selon diuers obiect) que nous n'en esprouuons aux
choses terrestres : qui, bien qu'elles soient composées de matiere muable & corruptible, ne changent si legerement de
force ou de nature pour changer de place, ou estre disposées*

Response
à l'obiectiõ
& qu'il est
friuole de
dire les
lieux du
Ciel chan-
ger la natu-
re des astres

en ceste

*en ceste, ou en autre façon. Toutefois comme peuuent ils dire,
sans se descouurir ignorans & menteurs, mal-souuenans,
que la place soit mauuaise, ou bonne, & rende la Planete de telle qualité par sa contagion? I'auouë que Mercure
s'esiouïsse en la premiere maison, & se desplaise en la septieme: ou qu'il se plaise leuant, & couchant se desplaise. Venus au contraire, se plaise Occidentalement, & Orientale-
ment se desplaise. Voyez qu'ils me font donques auouër, que
Mercure en vn mesme moment, se leuant à nous, & se couchant à l'autre Hemisphere: c'est à dire, telle heure estant à
nous en la premiere maison, & aux contraires, en la septieme: aussi en vn mesme moment s'esiouït & se desplait en-
sembls. Comme Venus couchant à nous se lieue à nostre op-
posee region, & par ainsi Occidentale, & Orientale s'esiouït & se desplait ensemble. Inconstance trop ridicule, qui
afferme ridiculement, que celle mesme place du Ciel, en laquelle est Mercure ou Venus, leur soit plaisante & desplai-
sante ensemble, & soit bonne & mauuaise ensemble, puis-
que de ceste mesme place s'engendrent contraires effectz.
D'auantage, quand il seroit vray que quelque particuliere
place du Zodiaq donneroit quelque qualité à la Planete,
(comme ils descriuent en la constitution des exaltations,
deiections, termes, ou fins, dixaines, & autres telles par-
celles, par lesquelles ils decoupent le Zodiaq) pourquoy ne
seroit le dixneufieme degré du Mouton, auquel le Soleil entrant en son exaltation est puissant & fauorable, de mesme
efficace à Saturne, lequel y est logé si vilement, comme ils
dyent, en sa deiection, que tous ses effectz celle part sont
mal-heureux? Et pourquoy ne feroit preuue de sa malice le
vingtieme degré des Balances, ou le Soleil est en sa deiection,*

f

ſur Saturne, lequel il reçoit en ſon exaltation glorieuſe? Si le
vingtſeptieme degré des Poiſſons eſt de bon efficace à Venus,
pourquoy l'eſt-il de mauuais à Mercure ? Et ſi le quinzieme
de la Vierge eſt l'exaltation de Mercure, pourquoy eſt-il deiection de Venus? Certainement il ſemble que non de la place, mais de la Planete meſme ſourdroit tel efficace : &
neantmoins voicy vne contrarieté qui me le nie : car ceſte
Planete fera icy tout autre effect qu'elle ne feroit, là, d'où
la place me ſemble eſtre coulpable : & toutefois, comme i'ay
dit, en ceſte place vne de deux Planetes cauſera vn bon, &
l'autre vn mauuais effect, d'où la place ſemble eſtre priuée
de toute puiſſance. Il me ſouuient (adiouſtoit le Curieux)
d'auoir noté quelquefois de ſingulieres impertinĕces en leurs
departemens Celeſtes, & accommodemens de Signes, &
maiſons aux Planetes. La mauuaiſe opinion qu'ils ont de
Saturne & de Mars, les induit à craindre de les rencontrer
en aucun des quatre Angles, ou en l'Horoſcope, ou en la dixieme, ou en la ſeptieme, ou en la quatrieme maiſon, pour
ce qu'aux Angles la Planete leur ſemble eſtre plus forte : &
pour le plus, ſ'ils y reçoiuent Saturne, c'eſt en l'Horoſcope
logé au Verſeau ſon domicile : ou en la Liure, ſon exaltation, principalement en vne naiſſance aduenue de iour: autrement ils luy ordonnent le douzieme, & à Mars l'oppoſée, qui eſt la ſixieme maiſon : Prenez garde (ie vous prie)
icy à deux impertinences: l'vne, que ſi l'oppoſition de Saturne & de Mars eſt tant à craindre comme pernicieuſe, ſelon
leurs Apoteleſmes, ils ſoublient beaucoup de leur accommoder ceſte diſpoſitiŏ pour la plus propre: meſmes que Mars logé en la ſixieme, qui eſt maiſon des maladies, rendra par ſa
preſence les maladies incurables : à quoy l'oppoſition de Sa-

turne en sa douzieme luy seruira d'aide trop dommageable.
L'autre, que la Planete (quelle-qu'elle soit) doit plus auoir
d'efficace en la douzieme, qu'en la premiere, en l'onzieme,
qu'en la douzieme : & en la dixieme, qu'en l'onzieme maison : car il est naturellement confessé, que les raiz d'autant
ont plus de vigoureuse efficace, qu'ils approchent plus d'vn
trait perpendiculaire : tesmoing l'espreuue du Soleil, qui ha
moins d'action sur nous, quand il est en l'Horizon Oriental,
qu'alors qu'il est esleué plus haut approchant le Midi, où il
fait preuue de sa plus grande force. Pourquoy donq n'aura
Saturne, ou toute autre Planette, plus d'efficace en la douzieme, qui est, comme vous sçauez, plus esleuée sur l'Hori-
son, qu'en la premiere, qui pour son plus haut point est Ho-
rizontale ? & l'onzieme semblablement, qui est plus esleuée
que la douzieme, d'autant qu'elle approche plus de la dixieme, le premier point de laquelle est le haut milieu du Ciel, où
Ptolomée croyoit les Astres se faire plus puissans? Zahel toutefois donne ceste vigueur à l'ascendant, ou premiere maison : contrarieté telle, qu'elle me fait refuser toute foy & à
l'vn & à l'autre. Mais si les Angles leur sont en estime tant
singuliere, pour le respect de la grande puissance de laquelle
ils sont douées, pourquoy n'y font ils esiouir les Planetes
gracieuses ? Iupiter & Venus (deux heureuses fortunes)
que n'ont elles pour leurs maisons de plaisance vne place
angulaire plustost, que luy l'onzieme, & elle la cinquieme? Pourquoy n'est au Soleil (qui selon Ptolomée auec
l'homme fait l'homme) ou à la Lune, qui peut tant sur les
corps, vn des angles aggreables? & non à celuy, la neuuieme, & la troisieme à ceste? D'auantage, si l'opposition leur
semble tãt à craindre, pourquoy logent-ils le Soleil opposé à

la Lune? Ie dirois qu'auſſi mal à propos ils oppoſent Iupiter
à Venus: mais ils excepterõt l'oppoſition du bon au bon n'e-
ſtre mauuaiſe. Ie ne ſçay qui les eſmeut d'appeller Saturne
tenebreux, & luy attribuer le Capricorne, & le ſigne ſuiuant, comme ſignes oppoſez au Cancre & au Lyon (ſignes
des deux lumieres) pluſtoſt qu'à Mars, Venus, ou Mercure:
Car, outre ce-que Saturne eſt eſclarci par l'illuſtre voiſinage
de l'innombrable troupe des Eſtoilles de la huitieme Sphere,
ſa prochaine, les Aſtronomes le confeſſent plus grand que
Mars, Venus, Mercure, ny la Lune : qui nous doit faire
croire que noz yeux ſont plus incapables de choiſir ſa lumiere, que luy, defaillant en clarté. Par ainſi ils luy aſſignent
les tenebres moins que raiſonnablement. Combien eſt belle
la ſubtilité, par laquelle ils diſpoſent la vie au point aſcen-
dãt de la naiſſance, pource-que l'Eſtoille, qui eſt en ce point,
ſort des tenebres pour ſ'eſleuer çà haut en noſtre lumiere,
ainſi que l'enfant ſort de l'obſcurité du ventre de ſa mere,
pour venir en ce monde iouïr de plus belle clarté? Bonne
vrayement & ſolide raiſon, ſi à la naiſſance l'enfant prenoit ſa vie, & non long temps deuant au ventre de la mere. Mais quand en cecy ils auroient quelque fondement ap-
parent, puis-que la Mort eſt oppoſée à la vie, pourquoy en
comparaiſon de l'Eſtoille, qui ſe couche & gliſſe deſſouz noſtre Horizon, ainſi que le mourant perd la lumiere mondaine, n'ont ils dit, la maiſon ſeptieme en l'Horizon Occidental,
eſtre maiſon de Mort, pluſtoſt que la huitieme ? Pourquoy
eſt la douzieme, par laquelle l'aſcendant ſe fait premier voir
ſur l'Horizon, maiſon de priſon, de triſteſſe & de miſere,
pluſtoſt que la ſeconde, qui eſt encores en tenebres : ou la ſeptieme, qui y tombe pour plus longue durée : ou la ſixieme,

Notables
conſidera-
tions.

qui defià y eſt deſcendue? Pourquoy diſpoſent-ils le Mariage en la ſeptieme, entre la huitieme de Mort, & la ſixieme
de Fortune mauuaiſe? Voyez comme ces bons Orphées re-
cueillent honorablement le Mariage, vnique, au moins ſin-
gulier & excellent lien de la police & humaine tranquilité. Ils l'accompagnent en ſa maiſon ſeptieme de conſpira-
tions, debats, & ennemis deſcouuers, entre la Mort & la
male Fortune, des huitieme & ſixieme maiſons. Mais vous
eſtimerez que i'aye faulte de raiſon, & de iugement, puis
que curieuſement ie les requiers en ceux-cy, qui ont tant de
folles & ridicules opinions, que ceux qui les croyent, ou qui
ſ'amuſent à diſputer contre eux, ſemblent eſtre compagnons
de ſi naïue follie. Leurs menſonges ſont tant menſongeres,
& eux menteurs tant impudens, que Ptolomée, Hermes,
Albumaſar, Zahel, Haly, Alcabice, & la plus grande
part des autres, ſont ſouuent d'opinion contraire: bien que
le ſubiet de leur profeſſion ſoit de telle nature, que les contrarietez deſtruiſent toute la diſcipline: Et de ce, ie me rapporte aux feintes raiſons, par leſquelles ils preunent les vertuz des maiſons: aſſeurent ce ſigne eſtre aggreable à ceſte
Planete, & ordonnent à chacun Signe ſa region affectée &
ſubiette: où il ſe treuue mille contrarietez. Venus à Ptolomée eſt chaude (qui eſt froide à Alcabice auquel la Lune
ſemble froide) combien que Ptolomée luy communique vne
chaleureuſe faculté. Iugez de l'admirable dexterité d'eſprit
en ceſte diſcretion, qui attribue à la Vierge ſigne froid, les
Eſpagnes de chaude region. Et pour ne m'eſtendre à exami-
ner leurs impertinentes applications des Signes aux parties
de l'homme, par l'amaz de leurs vaines raiſons, conſiderez
vne preuue de bon ſens interpretée par ce grand Rhapſode

Contrarie-
tez entre
Ptolomée
& Alcabice

Vanité des Astrolog. rapportans à Saturne la religion Iudaïque.

Guido Bonatus. Alcabice, dit il, & les autres, qui ont donné à Saturne la signifiance des Peres, & des choses antiques & graues, ont esté esmeuz pour impertinente raison de sa pesanteur, & de son graue & tardif mouuement: à quoy il adiouste (apres Messahala & Albumasar) que Saturne signifie la religion Iudaïque, pource qu'elle est plus ancienne & premiere de toutes, & pource-que toutes Religions l'auouënt : bien qu'elle n'en auouë ou apprenne aucune, ainsi que Saturne ne se conioint à aucune des autres Planetes, mais bien les autres à luy. Puis quand il ha descrit

Que friuolement les Astrolog. donnent mauuais effects à Saturne, & que mal ils estiment les vnes bien faisantes, & les autres mal.

grand nombre de miseres, lesquelles ceste Planete miserable pleut sur les hommes, remettant au Philosophe naturel la charge de rendre cause de telles impressions, & en exemptât l'Astrologue. Luy pour monstre de sa plus esleuée subtilité, que n'est la tourbe commune de ses prophetes, se forge vne belle raison, sur le debat, qui est entre le Moteur extrinseque (vous recognoissez l'eloquence de l'homme) de la huitieme Sphere, & l'intrinseque Moteur, ou intelligence mouuante les Planetes : comme si le Moteur, qui chasse la Sphere huitieme d'Orient en Occident, & celuy qui repousse la Planete d'Occident en Orient, estoient passionnées de tant inapointable discorde & fiere inimitié, que les Planetes en conçeussent comme par contagion celle malicieuse haine, de laquelle elles nous sont outrageuses : mesmes Saturne d'autant plus malicieux, qu'il est plus prochain de la source de si grande discorde. Dea ! si ceste raison ha lieu, pourquoy est Iupiter voisin de ceste mesme source, fortune heureuse, & Mars plus loingtain, fier & malicieux ? Pourquoy est Venus de constante bonté, aumoins fortune heureuse, & Mercure inconstant & flechissant autant au mal qu'au bien?

Que pourroit-on (ie vous prie) ouir plus vain & ridicule
de la plus simple ou folle vieille, qui soit introduite aux
Euangiles des quenouilles ? Ce fol, de la plus esgarée ceruel-
le vous prophetisera lequel des cheuaux coureurs emportera
le pris : & de quel poil il est. Il deuinera quelle saulse vous
mangerez à disné : si les viandes seront seruies auant que
vous soyez assis, ou apres. Selon qu'il trouuera la Lune au
Cancre, en la Liure, ou au Capricorne en consonction, ou
regardée de mauuaise Planete, il vous aduertira de ne point
manger d'herbes, & par quelque autre Aspect les Truites
salées vous seront deffendues. Vrayement ie ne puis n'esmer-
ueiller la lourde simplicité de ceux, qui esperent en ces beaux
Apotelesmes, remplis de tant de vilité, que les Astres mesmes en sont iniurieusement auiliz. Pensez que Mars est doué
de singuliere efficace, estant cause que celuy, à la naissance
duquel il est seul significateur, deura manger sa chair corrompue & mal cuite. Et Mercure ioint à la Lune, n'est-il
empesché d'une sollicitude esmerueillable, rendant son Mer-
curial dextre à bien porter les plats dessus la table, & net-
tement trencher & la chair & le pain ? N'est pas estrange
la faueur, que donne Venus iointe à Iupiter, à son Venerien
qui sera beau Psalmodieur, beau diseur de leçons à matines
propre pour seruir à l'autel en tout ce qui appartient à la
louange de IESVS CHRIST ? Vrayement elle ha long
temps gardé ceste sienne singuliere puissance sans effect, veu
que plusieurs milliaires d'années, auant l'incarnation de Iesus Christ, & l'institution des ceremonies de sa religion, elle
se promenoit par le Ciel : & faut, ou qu'au parauant elle
n'eust fait rencontre de Iupiter (ce qui seroit trop ridiculement pensé) ou que les Planetes changent de puissance, &

auec le renouuellement des siecles se renouuellent en nouuel-
les facultez chose impertinente & non probable : ou, ce
qui est plus apparemment vray, que cest Apotelesme soit
faux : ruine, en laquelle il est aisé de faire choir les autres, à
qui voudra sonder leurs foibles fondemens. Mais sans plus

Qu'il y peut auoit d'au-tres aspects que ceux q sont receuz par les iudi ciaires, & qu'ils ont vainement approuées. remuer ceste orde Camarine d'Apotelesmes, voulez vous les
voir bien empeschez? Employez les à donner raison de leurs
aspectz, qu'ils nombrent seullement, Sextil, par distance de
deux Signes : Quadrat, par distance de trois : Trigone, par
distance de quatre : Opposition par distance de six : & Conionction, que l'vn passe sous l'autre. La raison de Ptolo-

Exposition des Aspects mée, qui diuise douze en quatre parties, comme nombre incapable d'autres proportions, est froide : car s'il reçoit la diuision du Ciel en douze, & de la forme ses aspectz, pourquoy ne seront les proportions rencontrées en la diuision de

Aspect de dix Angles. trois cens soixante (nombre vsité de luy, & auant luy)
receuables ? Si vous composez vne figure Céleste par An-
gles de trente six en trente six degrez, l'entier cercle sera diuisé en dix Angles. Le Soleil du premier degré du Mouton
regardera d'vn Aspect dixieme, ou, comme ils diroient, de-

Aspect de neuf An-gles. cangulaire la Lune au sixieme degré du Taureau. Si le Soleil est au premier du Mouton, & Saturne au dixieme du
Taureau, l'Aspect sera nonangulaire : & peut ainsi par
diuision de neuf, le cercle de trois cens soixante estre rempli
d'vne figure à neuf Angles, comme eslongnez l'vn l'autre de

Aspect de huit Angles quarante degrez. Et si vous les eslongnez de quarantecinq,
ainsi que font quelques Medecins aux supputations des iours
Critiques, Iupiter au premier du Sagittaire, & Satur-

Aspect de cinq An-gles. ne au quinzieme du Capricorne, s'entre-regarderont d'vn
octangulaire Aspect. Disposez vne figure de septante deux

degrez

degrez entremis d'vn autre Planete, comme de Mars au premier du Mouton, & de Venus au douzieme des Iumeaux,
cest Aspect sera quintil, & de cinq Angles egaux sera toute
la circonference accomplie. Cecy possible est suffisant pour tirer non seulement en soupçon ceste diuision feinte & mal
paliée de quatre figures angulaires: mais encores pour prouuer que Ptolomée trompé par l'authorité de ses predecesseurs
Iudiciaires, les pensant couurir, se soit oublié en la vraye
discipline de diuiser vne circonference par denombrement
deu. Aussi qui considerera le Ciel estre vn corps continu &
non desmembré, dans lequel les Estoilles sont semées tant
menu, & les Signes disposez en telle estendue, deûra estimer que ne leur auouër autres reciproques regards, que ces
quatre auec la conionction, seroit leur fermer les yeux trop
iniquement. Et puis que la substance ætherée est, hors toute comparaison, plus transparente qu'aucune substance Elementaire, qui peut empescher que les Astres ne s'entre-regar-
dent aussi bien du dixieme au vingtieme degré, comme du
soixantieme? Ie ne croy qu'ils entendent les regards estoilliers estre autre chose, que le rayonnement de leurs lumieres,
ou le iet de leurs raiz l'vn contre l'autre. Et si chacune
Estoille iette ses raiz de toute part de sa rondeur, on peut dire qu'elle regarde de toute parts entour de soy: & ainsi (merci de la courbure du corps celeste) que chacune Estoille iette
ses raiz contre chacune de toutes les autres Estoilles: comme
en vn cercle d'vn point se peuuent tirer Mathematiquemēt
autant de lignes droites, qu'il y a de points: i'enten qu'vn
cercle peut estre rempli d'vne figure Polygone à Angles infiniz: d'où il appert, que la puissance radieuse d'vne contre
l'autre Estoille, aura d'autant plustost rencontrée son effica-

ce, qu'elles seront disposées l'vne plus pres de l'autre. Demeure donq impertinente celle comparaison des Estoilles dans le
Ciel à vne danse ronde, en laquelle vn danseur voit mieux
celuy qui luy est eslongné par trois ou quatre rangs, que celuy, qui le tient par la main : car si la teste de l'homme
estoit toute semée d'yeux, comme l'Estoille est illustrée
d'vne rayonnante rondeur, autant luy seroit visible le ioi-
gnant, que l'eslongné, & le dernier, que le deuant. Au
reste, quelle raison y ha il de dire l'Aspect Trigone ou Sextil
empescher la malice de la mauuaise Planete: & le Quadrat
ou l'Opposition empescher que la bonne ne puisse executer sa
bonté ? Il faut donq, contre ce-qu'ils pretendent (attribuãs
aux Estoilles la cause des choses) que le bien & le mal soiët
en l'estendue de l'espace d'vne à l'autre Planete, & non en
leur propre qualité : & faut que l'action de l'Astre soit cau-
sée par le nombre & figure de sa disposition, & non par sa
substance, par sa forme, ou par sa qualité. Voilà vrayement bien subtilement rapporté au Ciel la cause des choses,
qui sont faites çà bas. Mais que belle est la raison de la difference des Aspectz rapportée à la contrarieté, ou ressemblance des signes : comme le Mouton de contraire qualité au
Cancre, le Lyon au Scorpion, & les autres semblables,
concluent, pource-qu'ils sont disposez en quarte partie de
douze, que l'Aspect Quadrat est Aspect de contrarieté: combien que l'vniuerselle Philosophie consente la perfection du
Ciel n'estre subiette à aucune intemperie, contrarieté, des-or-
dre, mutation, ou perissement. I'apprendrois volontiers
quelle discorde pourroit estre entre l'vn & l'autre Signe, entre ce Signe & celle Plancte, entre celle Planete & ceste-cy,
pour faire qu'elles se faschent l'vne de l'autre. Ils estiment la

conionction & opposition de Mars & Saturne estre dange-
reuses, contre raison naturelle, si en ceste resuerie raison pouuoit trouuer son lieu : car au contraire, selon qu'ils distri-
buent les qualitez de la froideur Saturnienne, & de la Martiale chaleur, deuroit estre composée vne douce & souhai-
table temperature de froideur reschauffée par la chaleur, &
de trop violente chaleur refraischie par la froidure aduerse.
D'auantage à grand tort ils iniurient Saturne, comme ennemi de Nature & de vie : puis, comme menteurs mal
souuenans, ailleurs ils luy attribuent le premier mois de la
conception : Et quelle raison y ha il de mettre le comman-
cement de la vie du fruit des-ia conceu, en puissance d'vne
garde pernicieuse & meurtriere ? Ou qui peut supporter ce
tiltre ignominieux à tant illustre corps embelli par la proui-
dente de plus ample Sphere qu'aucune autre Planete, &
logé le plus pres des inombrables raiz vitaux, desquelles
rayonne la resplendissante infinité des Estoilles ? Tels sont
toutefois les discours ordinaires de ces indiscretz estourdiz,
qui, nonobstant qu'ils soient contraints de confesser, nulle
Estoille luire au Ciel, qui ne soit meilleure que le meilleur de
tous les viuans, leur adiuger des mesfaits tant vicieux, que le
plus vicieux mesmes en auroit horreur : & ne leur viet point
en consideration, que quãd auec Ptolomée il seroit approuué
de chacun, les corps celestes estre instrumẽs de Dieu, il s'ensui-
uroit, que ce qui seroit fait par les Celestes instrumens de ce
diuin ouurier, deuroit estre reputé à l'ouurier mesme, sans
lequel les instrumens demeureroient hors d'effect inutiles.
Donques si au souuerain bien ne peut le mal estre imputé, les
Planetaires impiement afferment les adulteres & homici-
des estre causez par Venus & par Mars : & autres sem-

blables, ou pires vices par les autres Astres, lumieres du
Ciel, & instrument de la Diuinité. Mais à quelle audace
ne s'ose auancer ceste impudence? Ils veullent assuietir le
Monde aux constellations. A la creation (dyent ils) du
Monde, Iupiter estoit en l'Horoscope au quinzieme degré
du Cancre: le Soleil, la Lune, & Mercure estoient en la
dixieme maison, cestui au dixieme du Mouton, le Soleil au
dixneuuieme, & la Lune au troisieme: en la septieme Mars
estoit au vingt & huitieme du Capricorne: & pour feindre
auec toutes cõmoditez la figure de tant illustre naissance, Saturne estoit logé en la quatrieme au vingt & septieme degré
des Balances. Ainsi estoiët les quatre coins du Ciel marquez
des quatre Signes principaux: accõpagnez des Planetes, ex-
cepté de Venus, en la neuuieme au vingt & septieme des
Poissons. Voicy estrange diuination, si ce mensonge estoit accordé entr'eux, & s'ils me pouuoient dire à quelle esleuation
Polaire se doit accommoder ceste figure, pour rencontrer les
Signes & Planetes en leurs commodes maisons. Et puis les
figures diuerses, les diuerses dispositions des Planetes, & les
diuers messartemens des Signes par les maisons selon diuers
autheurs suffisent pour m'induire de ne leur donner foy en
ceste discorde. L'vn des plus fins de leur secte, prognosti-
quant la durée du Monde, & les accidens qui doiuent aduenir, argumente en belle comparaison des quatre aages de
l'homme, petit monde, qui est image du grand: comme si
l'Vniuers en sa substance vniuerselle estoit passionnable de
mesmes changemens, que les corps particuliers d'vne espece.
Icy ce Prophete choisit entre douze Signes les quatre muables, ausquels les saisons se changent: à sçauoir les deux
Equinoctiaux, le Solsticial & l'Hyuernal, disposez aux

Angles auec les Planetes. Là il s'eslieue en grandeur Pro-
phetique. Il donne à Adam longueur de vie par la merci du
Soleil, qui luy accompagnoit le Mouton ascendant. Regar-
dez l'orde barbarie. Et (dit-il) à cause de la maison de
Mars, sur l'homme premier & sur sa generation, tomba la
volonté de pecher, qui le mena à la mort : car (hô la viue
preuue) Mars est ainsi nommé, comme pour dire Mors: d'où
il aduint que le premier homme eut deux fils : l'vn né souz
le Soleil, qui fut le iuste Abel, & l'autre inique & meur-
trier, né souz Mars, qui fut Caim. L'allusion de Mars à
Mors, est subtilement rencontrée, & de prompte finesse:
mais cest industrieux deuin, ne deuina pas que tel nom n'est
naturel à celle Planete, laquelle les premiers appelloient
Pyrois, ou autrement selon les langages differens. Or voila
le premier aage du Monde depesché souz le Mouton ascendant : apres lequel le Cancre Solsticial, gloire de Iupiter &
maison de la Lune, fut ascendant à la naissance de Moyse.
Aussi le feit Iupiter grand Pontife des Iuifs, desquels la loy
en maniere d'vn Cancre, est allée au rebours, bon & vigoureux argument : adioutant que ce Signe aquatique, man-
sion Lunaire, feit miraculeusement demeurer Moise sur les
eaux: & ainsi est passé l'aage second, suiui par vn tiers souz
les Balances, gloire de Saturne & maison de Venus, qui
estoit l'ascendant de la naissance de Iesus-Christ, surnommé
Roy des Iuifs, à cause de Saturne significateur de ce peuple
& de sa religion : & pource qu'aux Balances ils estiment
Venus estre logée, il fut beau extremement, & en sa louange ont esté composez infiniz cantiques & musicales chan-
sons, pour ne dire plus au long leurs folles & chastiables
diuinations : qui deuroient plustost accommoder ce Saturne

à Moyſe, comme au plus fameux autheur de la religion
Iudaïque. Apres ceux cy, nous reſte le dernier aage, pour le
commencement duquel naiſtra l'Antechriſt, ayant pour aſcendant le Capricorne, gloire de Mars, & maiſon de Saturne : & ſera ce perſonnage, à cauſe de Mars & de Saturne, accompli en toutes meſchancetez, retenant de l'vn
l'orgueil, la cruauté, l'enuie, & la diſcorde : de l'autre l'a-
uarice, la haine, la ſedition, & tous les vices influez par
ces deux Planetes impiteuſes, qui feront non ſeulement finir
d'vne ſi triſte miſere ceſte longue Tragedie des ſiecles, mais
encores ruineront & diſſoudront ce beau Theatre mondain.
Conſiderez, ie vous prie (pourſuiuoit le Curieux, eſmeu iuſques à la colere) de quelle eſpece de preſomption eſt leur defaut de iugement accompagné : prophaner ainſi les choſes
ſaintes, attribuer à l'effect l'honneur & la force de cauſe : donner terme aux religions, aux Empires & eſtats des
Republiques ſelon les reuolutions eſtoillieres : rapporter
l'impieté des meſchans, le deluge, l'ecpiroſe ou embraſement
vniuerſel, & periſſement du Monde, la ſainteté des bien-
viuans, l'abſtraction des Prophetes, la merueille des miracles, la faute du peché originel, voire la redemption d'iceluy,
& l'incarnation du fils de Dieu, aux rencontres des Aſtres.
Cela eſt trop horrible : cela eſt trop indigne de toute humanité. Auſſi croy-ie que les Theologiens condamnent & au feu,
& au piz les articles de leur profeſſion ſouillez par ceſte
barbarie : comme ie ſçay les Philoſophes, auoir doctement
recerché & recogneu en la nature des choſes les cauſes prochaines & certaines, ſans auec tant ridicule ſuperſtition,
les rapporter aux loingtaines & aux conſtellations, à la mo-
de des ignorans, qui en faute de reſſance, courent touſiours

à ce secours friuole. Combien qu'il soit plus qu'euident, que
chacun corps est tel corps qu'il est, par la vertu (comme on
diroit) ensemencée dans son espece, & non pas par la constellation : car en un mesme moment, la femme, la iument,
& la lyonne feront, celle l'homme, ceste le lyon, & l'autre
le cheual : & ce par la vertu de la semence de son espece.
Ainsi en mesme saison & en mesme moment sortiront de
terre ceste & celle herbe, toutefois d'efficace contraire, selon
la diuerse vertu des semences de leurs especes. Que sont donq
les Estoilles ? Comment, ou dequoy sont-elles causes ? Des
mesmes especes, non : car si les especes sont eternelles, elles
n'ont autre cause que l'eternité : & si elles ont esté creées au
croire de nostre religion, le moment soudain, comme de chose aussi tost faite que dite, ne donna aux Estoilles loisir de se
remuer en assez de differentes constellations, pour estre causes de l'innombrable diuersité des differentes & contraires
especes, qui remplissent ce Monde inferieur. Elles sont (di-
ront ils) causes des choses qui aduiennent aux indiuiduz, ou
corps particuliers des especes : cela ne peut estre. Prenez (pour
exemple) l'espece des Corbeaux ou des Pies, qui pondent,
grouent, & esclouent en diuerses regions & en diuers momens, heures & iours, & possible plus d'un mois durant
continuellement, de moment en moment s'esclouent les petis
de ces oiseaux. Mais où se peut recognoistre la diuersité des
diuerses constellations, qui se font en un mois par les Celestes mouuemens ? Tous ces Corbeaux sont noirs, de tant
pareille grosseur, que mal-aisément choisiriez vous l'un different de l'autre : toutes ces Pies sont mes-parties de mesmes
couleurs, mesme nombre de pennes, mesme articulation de
voix : bref, si semblables, qu'elles en sont tirées en prouer-

---

Marginal notes:

L'estre & la nature de tout corps, doit astre rapportée à son espece, & non au Ciel.

Que les Estoilles ne sont causes des especes ny des corps particuliers.

be. Donq les Eſtoilles ſont deſchargées de ceſte ſollicitude, qui ſera renduë à la naturelle ſemence, & aux eſpeces des Corbeaux & des Pies. Autant peu prouuable ſera la puiſſance des conſtellations en l'eſpece des hommes, la vie deſquels, outre la commune nature, eſt conduite par la diuerſité des mœurs & nourritures: des couſtumes des regions, religions & diuerſes loix, comme deſcouurit amplement l'excellent Aſtronome Syrien, Bardeſane. Entre les Indiens & les Bactres, anciennement ſe trouuoit vne ſecte d'hommes, ſurnommées Brachmanes, de laquelle les profeſſeurs eſtoient en nombre de beaucoup de milliers. Ces hommes par obſeruation de certaines loix, & de remonſtrances & commandemens paternels, ſ'accouſtumoient de viure ſans manger d'aucun corps ayant eu vie, & ſans boire vin: n'adoroient aucun ſimulachre: mais affranchis de tout vice, eſtoient eſleuez continuellement en contemplation de la diuine grandeur. Toutefois en la meſme region, le reſte des Indiens eſtoient enſeuelis en ſuperſtitions idolatres, commettoient adulteres, cruautez & meurtres ſans nombre, & ſ'engorgeoient d'vne yurongnerie continuelle: voire qu'en vn Climat Indien ſ'en trouuoit (comme encores auiourd'huy) qui chaſſoient d'vne venerie inhumaine les hommes ainſi que beſtes ſauuages pour les manger, & par ſacrifices accomplir les horribles vœuz de leur idolatrie, Choſe admirable, qu'entre les Brachmanes ne ſ'en rencontroit vn ſeul, qui fuſt par les Planetes malicieuſes incité de mal faire: ny entre l'infinie multitude des autres ſ'en voyoit vn, qui par quelque Planete heureuſe, fuſt encliné au bien. Toutefois il ne peut eſtre qu'entre tant nombreux peuple de bons & de mauuais ne ſe feiſſent pluſieurs rencontres de ceux-cy &

de

de ceux là, naiſſans en vn moment : & ne pouuoient eſtre tous les bons ou tous les meſchans naiz ſouz vne meſme ou pareille conſtellation, qui les rendiſt tant ſemblables de mœurs. Les Perſes, ſurnommez Maguſſées, par permiſſion de leurs loix eſpouſoient leurs filles, leurs meres, & leurs ſœurs : neantmoins à la naiſſance de tous, il n'eſt poſſible que Venus regardée par Mars, fuſt auec Saturne en la Saturnienne maiſon. Croiriez-vous qu'à la naiſſance de tous les Getuliens anciennemēt Venus & Mars fuſſent au Mouton, pour les rendre delicats, braues & vaillans tout enſemble? Et les Bactrianes viuantes en liberté, maiſtreſſes des hommes, & voluptueuſes au choix de leur volonté, eſtoient-elles toutes nées, eſtant Iupiter & Mars auec Venus en la dixieme maiſon, aux degrez ordonnez pour les limites de Venus? Quelle eſtoille pourroit contraindre tous les Iuifs naiſſans, à eſtre circoncis le huitieme iour de leur vie? Ils naiſtront à Rome, à Veniſe, en Auignon, & à l'heure de leurs naiſſances naiſtra vn Romain, ou Venitien Chreſtien, qui au huitieme iour ne ſouffrira, comme le Iuif, aucune coupure en celle partie. Ont-ils Eſtoilles particulieres, qui puiſſent ſus eux & non ſur les Chreſtiens? L'Egypte, la Paleſtine, & pluſieurs autres contrées ont eſté habitées de ce peuple circoncis ſelon la Loy Moſaïque : donq en ce temps, l'Eſtoille Iudaïque ha elle changé de Climat, ou, pour mieux dire, eſt-elle eſgarée & fuitiue par le Ciel, comme ceſte miſerable ſecte ſe voit auiourd'huy vagabonde, fuitiue & bānie de ſa terre ancienne? Il eſt vrayement trop euident que les mœurs, les loix & les religions iointes à la libre volonté de l'homme, ont plus de force que la conſpiration des Eſtoilles aux humaines naiſſances. Les regions ſouffrent

Perſes, eſpouſans leurs parentes.

Getuliens, vaillans & delicats.

Femmes Bactrianes.

Iuifs circōcis.

Monarchie & autres ſortes de gouuernemens peruerties.

diuerſes loix, diuerſes conſtitutions de Republiq.ores la Monarchie, ores la Tyrãnie, ores l'Ariſtocratie, ores l'Oligarchie: vn temps la Democratie, on autre l'Ochlocratie: à vne religion eſteinte ſuccede vne autre, comme les volõtez des hommes ſe conduiſent. Toutefois il ne ſe croit que les Planetes ayent changé ny Climat, ny Nature. D'auantage, voyez combien peut l'Aſtre plus ſur le corps que ſur les mœurs. Qui feit que les Macrocephales (au rapport d'Hippocrate) euſſent les teſtes plus longues qu'aucune autre nation? La couſtume fut premiere inuentrice: car au commencement, pource-que les teſtes plus longues leur ſembloient les plus belles, ſoudain que l'enfant eſtoit né, ils luy preſſoient la tete encores tendres, & l'allongeoient autant qu'il leur eſtoit poſſible: puis la lioient en coiffure commode pour luy laiſſer prẽdre forme, comme on feroit vn fromage de breſſe. En fin, par laps de temps, Nature conſentant & conſpirant auec la couſtume, ainſi que la ſemence rapportée de tous les membres ſe rencontre à la conception toute enſemble, ſelon la qualité de chacun, c'eſt à dire (ſelon ceſte Hippocratique ſentence, combattue par Ariſtote) ſaine du ſain, & vicieuſe du vicieux, produiſit les Macrocephales naturels, ſans que l'artifice des bonnes meres fuſt encores requis, pour alonger les teſtes. A ceux-cy donq, ne peut aucune Planete eſtre cauſe de ceſte longueur de teſte, contre la naturelle forme, ronde & mollement applatie enuiron les ioües en tous les autres hommes: car la couſtume ayant commencé, ſi le Ciel vouloit auoir part de ſi belle induſtrie ou nouuelle Eſtoille, deuoit eſtre creée, ou du moins à quelque Eſtoille, puiſſance nouuelle deuoit eſtre acquiſe pour eſtre cauſe de ce nouuel effect. Mais ſous quelle Celeſte cauſe tombera le teint blanc

& noir ? L'Ethiopienne, & l'Angloïſe, ou Eſcoſſoiſe ac-
coucheront en vn meſme moment. De l'Ethiopienne naiſtra
vn enfant noir, & de l'Angloiſe vn blanc & blond : toutefois eſtans naiz ſouz meſme conſtellation, ils auront teint
contraire : comme peut la Lune, qu'ils eſtiment eſtre cauſe
du teint blanc, refuſer ſa puiſſance aux Ethiopiens ? Pourquoy eſt-ce que Saturne ne noircit les Anglois, ou Eſcoſſois?
En vne ville naiſtront deux enfans à meſme moment : l'vn
fils d'vn gueux, & l'autre fils d'vn Roy : ceſtuy ſera grand
Seigneur, & l'autre toute ſa vie beliſtre. Donq la conſtellation eſt elle affeCtionnée à la faueur de l'vn, & diſgrace
de l'autre ? Vous ſemble-il point que ce grand Seigneur de-
vra remercier ſa richeſſe, au bien de ſa maiſon : & le beliſtre recognoiſtre ſa miſerable mendicité, de la beſace pater-
nelle, pluſtoſt que ſe reſſentir ou plaindre du Ciel ny des
Eſtoilles, comme cauſes de leur bien & leur mal ? Beaucoup plus croyable & accompagnée de raiſon me ſemble
l'opinion de ceux, qui ont dit toutes choſes aduenir par aCtiõ
d'inclination naturelle, ou par naturelle noürriture ſimplement, produiſant & fourniſſant d'accroiſſement : oü par
naturel iugement & ſentiment determiné & confiné en limites certains : ou par iugement volontaire & libre, ou par
accident. A l'aCtion d'inclination naturelle ſe rapportent les
Meteores, par exalations, euaporations, attraCtions, tranſ-
mutations, inflammations & recheutes naturelles : les naturelles inclinations des Elemens, ou parties, ou corps Elementaires tendans en leurs ſieges ordonnez & naturels : comme à
la Terre le bas, & au Feu le haut. Les Planetes, & autres
tels corps croiſſent, grainent, ou ſeichent par naturelle nourriture ſimplement. Les Animaux bruts, ont naturel iuge-

h ij

Action du
naturel sen
timent & iu
gement li-
mité.

ment *& sentiment : mais leur iugement est determiné &*
limité à certaines choses, selon les diuers naturels de leurs
especes diuerses. Ainsi la brebis, iuge & sent le Loup luy
estre aduersaire mortel, & ne peut ne le craindre & fuir.
Toutes fourmis, d'vn naturel iugement & sentiment, mes-
nagent & amassent auec celle gentille préuoyance qui faict

Exemple,

honte aux paresseux. Toutes abeilles bastissent leurs mai-
sonnettes, choisissent & succent les fleurs tant industrieuse-
ment, moyennant ce iugement & sentiment naturel. Mais
telles actions sont limitées selon leurs especes : car toutes
Brebis sont craintiues du Loup : toutes fourmis sont pre-
uoyantes & mesnagères : & toutes Abeilles industrieuses,
d'vne mesme crainte, d'vne mesme préuoyance, & d'vne

Action de
iugemét li-
bre & vo-
lontaire.

mesme industrie. L'homme pourueu de libre iugement, outre le sentiment naturel commun auec les bestes, & la naturelle nourriture commune auec les Planetes (merci de la
libre volonté, de laquelle il est doué) tournant & retour-
nant diuers conseils, librement & volontairement fait ses
œuures, se préscrit vn ordre de viure, & puis change ce
prescrit : & combien qu'il soit quelquefois esguillonné des
humeurs, il ne se laisse neantmoins sans le consentement de
la volonté vaincre à leur impetueuse violence, mais brise
telle force par artificielle industrie : & auec les considerations intellectuelles, & studieuses recerches des bonnes
mœurs, chastie leur intempérance, & l'arreste quelque part
qu'elle tende : par agencement curieux, & laborieuse diligence il corrige & emende les deffauts qui sont aduenus en
la forme, ou en la matiere contre la perfection de son espece.

Stilphon.

Ainsi Socrate, ainsi Stilphon Philosophe chastierent leur naturelle intemperance vicieuse. Demosthene, Cleanthe, Xe-

nocrate & plusieurs autres, se sont par diligence, deffaits
des empeschemens naturels qui les empiroient. Adioutez
que l'homme par vne subtile consideration préuoit les accidens, qui peuuent suruenir : par vne prudente discretion: il
les euite, s'ils sont à craindre, ou les se met en rencontre, s'ils
sont desirables : par vne magnanimité courageuse il desprise
& surmonte, ou par vne bonté patiente il souffre les accidens, s'ils sont mauuais : & s'ils sont bons, en iouit par
vne modestie temperée. Bref, par le moyen de son iugement,
de sa volonté & de sa liberté, il choisit & change à plaisir:
d'autant qu'encores que le corps ne souffre ou ne iouisse, la
passion de l'Ame egale bien l'effect & action du corps. Les
dernieres choses qui aduiennent, sont accidentales ou fortui-
tes, comme le desbander d'vn rouet de haquebute chargée, qui tuera vn homme : la cheute d'vne pierre, ou de la
tortue, qui tombant sur la teste d'Eschyle, le tua: ou la rencontre de l'aneau de Polycrate dedans le ventre d'vn pois-
son : accidens qui ne se peuuent (à mon opinion) que ridiculement rapporter aux constellations, non plus que les naturelles inclinations, nourriture & accroissemens naturels:
iugemens & sentimens de Nature limitée, ou volontaire
& libre, chacune, tant proprement recogneüe de sa cause
expresse, que les iudiciaires Planetaires en vain les croyent
estre suiets aux Astres & mouuemens du Ciel. De ceste &
autres semblables raisons, le Curieux auoir soustenu l'Astrologie Diuinatrice estre fausse, friuole, & mensongere, quand
Mantice, le voyant en contenance de ne vouloir d'auantage parler. Si la difficulté (dit-il) de pouuoir attaindre
à la parfaite cognoissance d'vne doctrine, est espou-
uentail suffisant pour empescher le studieux d'y em-

Descriptiõ
de l'Astro-
logie.

ployer le temps & son esprit : ie confesse celle partie
de Philosophie deuoir estre laissée, qui recerche les
causes efficientes & vniuerselles des corps inferieurs
par le mouuement & puissance des Astres : & qui
par obseruation & vrayes experience nous apprend
à descouurir par préscience la temperature des choses Elementaires, & les humaines inclinations: Mais
si vne science, pource-qu'elle est certaine, doit estre
receuë : si vn art, pource-qu'il est necessaire, doit
estre exercé : & si vne discipline, pource-qu'elle est
embellie d'infinies, subtiles & plaisantes contemplations, merite des professeurs : ceste, qui par Astro-
nomie asseure ses admirables iugemens, me semble
outre toute autre science, art ou discipline, digne
d'estre receuë & exercée. Et ne me pourroit destour-
ner de tant excellente profession, l'apparente force
des argumens contraires tirez la plus part, par vn si,
ou par vn inconuenient : ny mesme l'impuissance de
pouuoir rendre raison à tout Apotelesme, dont l'on
me presseroit. *Ie ne suis à apprendre, qu'entre les hommes, qui ont discouru, ou qui encores auiourd'huy discou-
rent des choses, il s'en est trouué tousiours de tant delicats en
creance, qu'à peine ce qu'ils touchët des doigs leur peut tõber
en foy : & qu'il est impossible, non que mal aisé, par dissuasiõ
donner persuasiõ nouuelle à l'obstiné, qui de fait aduisé s'ar-
me pour ne rien croire. Mais aussi i'ay trop de cognoissance,*

Côme l'in-
credulité q
viët de trop
grande cu-
riosité, est
dãgereuse.

*combien telle conception est dangereuse, comme vnique pour
destruire toute science : voire pour rebrouiller toutes les choses de ce Monde dans le premier Chaos : c'est à dire pour nous
laisser en tenebres d'esprit, incertains & ignorans de tout :*

& tellement estonnez de bon sens, que le discerner du faux
& du vray nous seroit interdit. Par ce libre esgayement de
Niemens à tous propos, & de refus des raisons jà receuës,
perissent toutes les parties de Philosophie, demeurent les
Stoïques, Academiques & Peripatetiques sans aueu : car
leurs prouidences, æternitez d'ames & naturelles actions,
ne seront fondées sus assez de raisonnables raisons. La mutation des Meteores en l'air, les vertus & facultez des planetes, la generation des Animaux en la terre, & aux eaux:
bref, toute cognoissance naturelle restera incogneue. Et piz,
que Dieu (l'infinie maiesté & grandeur duquel est incom-
prehensible) pour n'estre prouué par assez ferme argument
& apparence de la raison sensible, sera anullé de toute cognoissance, & piz qu'Epicuréement, deietté hors de l'entendement humain : demeurant ainsi toute science (d'autant
que son subiet sera plus esleué & difficile) moins receuë de
ces incredules, qui, n'estans raisonnables, forment en soy
vne incapacité de receuoir ou choisir la raison . Ie ne suis
pour dire maintenant de quel transport les passionne l'esprit
refractaire de contradiction contre toutes les sciences : entre
lesquelles la plus excellēte & sublime leur est la plus odieuse. I'enten de l'Astrologie receuë de tant ancienne ancienneté, que la seule durée si vigoureuse contre le glissement des
siecles, contre la non-vsance d'escrire ou la perte des liures,
par les changemens de religions, par les abolitions ruineu-
ses des villes, peuples & regions : contre la guerre continuelle des contredisans, qui ne l'ont sceu choquer si rudement qu'elle demeurée ferme & debout, ne soit auiourd'huy
admirée de ceux qui l'ignorent, & illustrée de plusieurs doctes & diserts personnages, qui y consument leur estude.

Longue du-
rée de l'A-
strologie.

h iiij

comme en la fin, où toutes les autres sciences aspirent: & ne
soit receuë pour guide aux grandes administrations par les
plus grands & mieux conseillez Monarques, que la seule
durée de l'Astrologie (di-ie) contre tant d'assaux doit suffire
pour persuader qu'elle n'est assise dessus fondement foible.
Mais à qui pouuons nous plus fier de raison aux choses non
vulgaires & hautes, qu'à l'authorité d'vne personne illustre? Et si en ceste science, ou, pour mieux dire, vraye sa-
pience humaine, l'on peut amonceler nombre sur nombre
d'autheurs receuz & anciens, deuons-nous par faute qu'a-
yons de rencontrer raison, les desdire tant irreueremment?
Par quelle discretion pouuons nous les mesurer à l'aune de
no[stre] ignorance? Voyez quel nerf d'argument! L'on ad-
uoue que ceste science est ancienne hors de toute memoire:
Qu'infiniz sont les autheurs qui en ont escrit: mais pource
que nous n'auons pas les raisons en teste pour cela prouuer,
& que les derniers qui en ont discouru, sont froids en argumens, elle est fausse & non probable. Ie ne sçay de quelle
oreille vn autre peut receuoir cecy: mais à la mienne il ne
sçauroit sonner rien plus impertinent: & croy que les premiers, qui par ententiues obseruations & experiences repetées plusieurs fois, cogneurent de quels effectz les Cieux s'em-
ployent sur ce Monde inferieur, adioutoient à l'obseruation
& à l'experiment, les raisons tres-certaines, lesquelles l'admirable promptitude & diligente perspicacité de leurs entendemens (car les tesmoignages qu'ils ont laissez, ne per-
mettent à la mesme ingratitude de leur refuser cest honneur)
pouuoit aisément rencontrer: car leur perspicacité viue, n'e-
stoit pour se laisser aller apres la vanité, non plus que nous,
qui maintenant grossiers, & moins esclarciz de lumiere intellectuelle,

tellectuelle, ne pouuons imaginer les raisons, lesquelles, ou
ils ont dedaigné de laisser par escrit comme vulgaires : ou ils
ont esperé leurs successeurs douez de bonté deuë, leur deuoir
prester en chose tant vtile assez de foy, sans en requerir
plus scrupuleux tesmoignage : Ou bien ne croyoient que les
siecles suiuans deussent produire des esprits tant tenebreux,
que les causes, qui sembloient faciles à cognoistre, deussent
demeurer obscures & incogneuës. Et, à vray dire, il est
croyable que la lögue vie des premiers hommes, estendue ordinairement en plusieurs centaines d'années, & le fraiz re-
sentiment qu'ils auoient encores de la communication, dont
à la creation ils auoient esté fauorisez de la diuinité, prestoit
assez belle commodité aux observateurs de tenter par longues experiëces, quels estoient les Celestes effectz : car au commencement que les Cieux furent creez, la Lyre celeste accor-
dée en parfaits accords, rendoit en toutes choses vne harmonie parfaite. Les Estoilles, non encores eslongnées de
leurs propres lieux, constituez par leur eternel Moteur,
escouloient çà bas d'vne gracieuse influence toute temperature en la generation des choses : mesmes les hommes
estoient douez de tant illustre & singuliere purité d'entendement, que rien ne pouuoit leur estre difficile, incogneu, ou
voilé de tenebres. Allors dignement s'exerçoient ces beaux
esprits. Lors lisoient ils dans le Liure Celeste les choses aduenir : & preuoyans la mutation & empirement de tout,
ne perdoient l'occasion de nous bien faire par aduertissement
& instruction de ceste, & des autres disciplines pitoyables
de l'ignorance, en laquelle (possible) ils preuoyoient nostre
cheute future. Puis quand les Estoilles esmeuës à la suite de
leurs cours ordonnez commencerent à changer de place, &

partir des *sieges* où elles auoient esté logées en l'accomplisse-
ment de ce parfait ouurage mondain, la temperature des
choses commença à soy distemperer, & tout à s'abbastar-
dir, en empirant de la premiere & pure generosité. Dege-
neration, qui n'espargna les hommes tendans tousiours à
diminution & obscurcissement de celle souueraine &intel-
lectuelle lumiere, qui abondante aux premiers, les faisoit
d'autant plus subtils & clair-voyans, que nous tenebreux
& aueuglez, sommes maintenant grossiers & incapables
de comprendre les causes & raisons des choses cogneues &
faciles aux siecles anciens. Aussi est-il aisé de iuger les raisons entre-meslées aux escrits qui nous restent des modernes
(i'appelle modernes ceux, que nous auons plus anciens, en
comparaison des premiers inuenteurs) n'estre que supplimens
aux premieres, à la verité desquelles ceux-cy vouloient adiouter quelque preuue: ou bien estre fondée sur certains principes que nous ignorons, desquels toutefois la negatiue eust
esté ridicule en leur temps. I'adiouste que ceste science de tant
esleuée hauteur, fut enueloppée premierement sous la couuerture des fables & de la Poësie, comme il est confessé les
premiers Philosophes auoir en vers communiqué & fait
voir leurs discours: & pour ceste raison ha encores auec soy
telle ombre, que nul y peut choisir s'il n'a l'œil clair-voyant.
Ce que ie dy, peut estre recogneu en tous les Poëtes: mais en
toutes les fables anciennes, comme vous (s'adressant à moy)
auez rapporté en voz vers Astronomiques, où i'ay souuenance d'auoir leu entre autres descriptions de la source de
l'Astrologie, que

Poësie &
ses effects.

   Quand Nature accomplit le bastiment du Monde,
   Enuelopant le tour de celle voulte ronde,

Où sont par cy par là, les Astres respandus,
Enfermant quatre corps iustement suspendus,
Le Feu chaut, l'Air esmeu de vaporeuse guerre,
L'eau glissante, & le faix de la pesante Terre,
Ensemble accompagnans ces Elemens diuers,
L'vn par l'autre nourris au creux de l'Vniuers,
Rendant en vne paix, mille paix composées,
D'vn accord, gouuernant les causes opposées:
Pour (comme est son pouuoir) faire vn effect entier,
Et que ce Monde n'eust d'autre que soy mestier:
Ne voulant point ailleurs qu'au mesme Monde mettre
La conduite du tout, qui au monde peust estre:
Ell' ficha dans le Ciel auec cloux eternels
La vie & le Destin.

Mais combien richement ha chanté *Pierre de Ronsard* en son *Hymne des Astres*, l'occasion pour laquelle *Iupiter* leur meit és mains le fil des Destinées, Pierre de Ronsard.

Et leur donna pouuoir sur toutes choses nées,
Et que par leurs aspectz, fatalisé seroit
Tout cela que Nature en se Monde feroit.

Ces vers sont souuent parmi voz mains, comme dignes (si autres le sont en ce temps) d'estre accompagnez de ceux d'*Orphée*, d'*Homere*, d'*Hesiode*, & tant d'autres anciens, dans lesquels vous trouuerez les beaux secrets Astrologiques couuerts & recelez. *Orphée* fut le premier (si les Grecs sont creuz au tesmoignage, qu'ils se donnent d'eux mesmes) qui en Grece publia l'Astrologie, mais souz le voile des mysterieux secrets, lesquels il chantoit sur la Lyre montée de sept cordes, qui representoient le mouuement harmonieux des sept Planetes: bien-fait, qui par ses successeurs fut re- Orphée Astrologue, duquel la Lyre est nõmée au ciel

cogneu auecques tel honneur, qu'ils ont appellé du nom de
Lyre, certaines Estoilles, qui sont en la partie Boreale, entre le Cygne & l'Agenoille. Depuis les Pythagorées, dirent
le Ciel estre la Lyre de Dieu: entendans par l'Aspect d'Opposition, le Diapason, Octaue des Musiciens: par l'Aspect Trigone, qui est fait d'vn, au cinquieme Signe, entendoient la
quinte ou Diapenté: par le Quadrat (qui se fait d'vn au
quatrieme Signe) ils entendoient Diatessaron, ou la quarte:
par le Sextil Aspect d'vn au Signe troisieme, ils entendoient
la tierce: iugeans qu'ainsi, que sans la rencontre bien disposée de tels accords nulle harmonie peut estre gracieuse, aussi
les Aspects celestes sont necessaires pour la concorde absoluë
de la mondaine harmonie. Et bien que les fables soient capables de diuerses allegories, & flexibles & maniables en
plusieurs parts, si ne peut on leur oster le sens premier, qui ha
esté entendu par les premiers. Ils cacherent souz le vol arti-
ficiel de Dedale l'industrie, auec laquelle il s'acquist la cognoissance Celeste, communiquée par luy à son fils Icare, qui
incapable de la comprendre, comme telle grace n'est faite à
tous egalement, tomba en la Mer d'ignorance. Ie me puis
estendre (la grace des escoutans impetrée) aussi bien que vous
Curieux (se tournant vers luy) au desueloppemens de quelques fables anciennes, comme de Pasiphaé, qui alterée de
cognoistre la belle constellation du Taureau, satisfaut à son
desir par l'aide de Dedale. Qu'est le cheual ailé de Bellerophon autre chose, que la contemplation laborieuse, par laquelle ce studieux s'esleuoit en la cognoissance du Ciel? Mais
pource que l'vniuerselle cognoissance de si grande chose estoit
trop pesant labeur, auquel vn seul homme peust suffire, il
n'accomplit son estude en assez heureux succez, & seruit

Accords &
Aspects, ac-
commodez

Fable de
Dedale &
d'Icare.

Secrets A-
strologi-
ques, ca-
chez souz
les fables
Poëtiques.

Fable de
Pasiphaé.

Fable de
Belerophō.

d'exemple aux autres, pour auec plus modeſte entreprinſe ſe charger chacun d'en obſeruer vne part. Athlas ſ'adonna au Ciel Eſtoillé, à la remarque duquel Hercule luy fut compagnon. Phaëton, ayant commencé la deſcription du cours Solaire, deuancé de la mort, la laiſſa imparfaite. Et Titan, pour auoir eſté diligent obſeruateur des diuerſes ſaiſons de l'An, ſelon leſquelles l'action ſolaire exerce ſon efficace ſur les ſemences, arbres & fruicts, fut tenu (au raport de Pauſanias) pour frere du Soleil. Endimion d'vne opiniatre diligence, deſpendoit les nuicts à la conſideration du mouuement de la Lune. Phryxe nota la conſtellation du Mouton. Caſtor & Pollux, celle des Iumeaux : Chiron, & Croton, celle du Sagittaire : Ganimede celle du Verſeau, auquel il eſt attribué : comme Andromede Cephée (du nom duquel vn peuple qui honoroit les Mathemates & l'Aſtrologie, eſtoit appellé Cephenes, & depuis furent nommez Chaldées) Eſculape, Orion, qui fut diſciple d'Athlas en Beotie où il obſerua le cours de la Lune. Perſée, & les autres nommez entre les images du Ciel, furent obſeruateurs du cours, de la forme & de l'efficace de ces Eſtoilles, qui depuis ont eſté ſurnommées de leurs noms, pour fauorable recognoiſſance de labeur tant vtile & louable. Saturne, Iupiter, Mars, Apollon, Venus, Mercure, & Diane, furent Rois ou autres perſonnes ſtudieuſes, qui par leurs laborieuſes induſtries ont cogneu le cours & l'influence des Planetes, depuis nommées de leurs noms. Apres leſquels quelques autres ont adiouté, comme il eſt excuſable qu'en tout difficile ſubiect vn eſprit, tant ait il de ſagacité, laiſſe aſſez à ſes contemporeins & ſucceſſeurs dequoy exercer leurs inuentions. Ainſi Ganimede eſclarcir par ſon obſeruation la cognoiſſance du cours de

Athlas &
Hercule.

Phaëton.

Endimion.

Phryxe.

Caſtor &
Pollux.

Chiron &
Croton.

Ganimede.

Andromede Cephée.

Eſculape.

Orion.

Perſée.

Quels eſtoient Saturne, & les autres, de qui les Planetes ſont nommées.

Ganimede.

Iupiter & de l'Aigle, en laquelle luit celle belle Estoille de
Iouienne nature, qui donna source à la fable du rauisse-
ment de ce ieune Troyen. Aristhée, ayant obserué le Solstice, & plusieurs Estoilles insignes, decouurit aux Grecs
l'Estoille nommée le Chien Syrien, qui leur nuisoit par vne
pestilentielle influence : Et nomma de ce nom celle Estoille
dommageable, en memoire de la perte receuë par les Chiens,
qui auoient deuoré son fils Acteon. Atrée, obserua le Soleil:
Thieste le Mouton: & Tiresie (singulier en diuinatiõ) discer-
nant entre les Erratiques les masculines des feminines, laissa
aux Poëtes argumẽt de chanter sa transmutation de l'vn en
l'autre sexe. Quelle follie! mais quel impudent blaspeme
eust-ce esté de dire Minos auoir esté fils de Iupiter, Ascalaphe
de Mars, Enée de Venus, & Autolice de Mercure, qui n'en-
tendroit ces Planetes auoir éu le principal pouuoir à leurs
naissances? Minos fut Roy equitable par l'influence Iouia-
le: Ascalaphe, Roy des Orchomeniens, estoit guerrier par
la faueur de Mars. Et par celle de Venus, Enée gracieux,
beau & aimé des femmes. Mercure influa en Autolice le
larcin duquel il est infame. Ne s'entendent les differens des-
crits par Homere & Vergile, entre les Dieux, fauorisans
diuersement les Grecs & les Troyens, Hector & Achille,
Turnus & Enée, signifier autre chose, que les differentes
constitutions des Estoilles, fauorables diuersement & aux
uns & aux autres! Le mouuement de Saturne si lent, qu'il
semble ne se bouger, & le morne & pesant effect de son influence, sont couuerts souz la fable, qui le feint auoir esté lié
par Iupiter: & la haute profondeur de sa Sphere, auec la
contemplation profonde du Saturnien, sont entendues par
le Tartare, où il fut precipité. Vous auez les entiers Poëmes

Atrée, Thie-
ste, Thire-
sie.

Minos.

Ascalaphe.

Enée.

Autolice.

Mouuemẽt
de Saturne

en memoire, & pouuez noter de quelle douceur ils ont ren-
du gracieuſe l'eſcorce, ſouz laquelle ſont ſerrées les admirables efficaces Celeſtes, declairées par l'Aſtrologie, qui par les
anciens fut tenu en telle reuerence, que nulle ville eſtoit deſ-
ſeignée, nulles murailles fondées, nulle entreprinſe ou publique ou particuliere faite, ſans impetrer du Ciel le conſeil
& l'auiz. Et ne me ſemble la rigueur de la Romaine loy
digne d'eſtre tirée en argument deſ-auantageux à la Diuine
Aſtrologie : car celle fureur n'eſpargna ny Philoſophes, ny
Medecins, ſans leſquels Rome ſe ſçait auoir bien longue-
ment veſcu : ny, pour dire tout, aucune diſcipline, tant la
Tyrannie pouuoit ſur ces ambicieux, croyans que les lettres
eſueilloient les eſprits des ſubiets à tant de cognoiſſance, que
le ioug de ſeruitude apperceu plus clerement, leur ſembleroit
d'autant moins ſupportables, & indignez par impatience
le ſe pourroient ſecouer de deſſus. Vn ſeul exemple me ſuffi-
ra du maliſieux Tybere, tant enuieux & ennemi de la po-
ſterité, qu'il eſtimoit Priam auoir eſté heureux, puix-que la
ruine de ſon Royaume & de ſon païs fut côioinſe à ſa mort.
Mais vn excellent Architecte, duquel on ne ſçait le nom,
(Car ce cruel deffendit qu'il ne fut point eſcrit) eſprouua
trop de quelle iniquité il ſe monſtroit contre les bonnes ſciences & arts induſtrieux. Ceſt architecte ayant dreſſé par admirable induſtrie vn grand portique, duquel tout vn flanc
auoit prins coup & menaſſoit de tomber d'vn coſté : Pour
recompenſe eut vn commandement de ſortir de la ville,
comme ſi auec l'artiſan, il voulſiſt donner banniſſement à
l'art. Peu de temps apres le miſerable induſtrieux, penſant
rencontrer quelque meilleur traittement du Prince (comme
il le meritoit)ſe vint preſenter à luy, & ſe iettant à genoux,

rompit de fait aduiſé vn vaſe de verre qu'il tenoit pour luy
en faire preſent & impetrer ſa grace. Puis receuillant les
pieces du verre briſé, promptement les r'aſſembla & le re-
feit entier, auec auſſi peu d'apparence du lieu des briſeures
que ſi c'euſt eſté cire. Cela meritoit non ſeullement qu'on
luy pardonnaſt telle offence (quand bien il euſt meſſait, mais
encores qu'il fuſt tenu cher en admiratiõ.) Toutefois Tybere
commanda qu'il fut mis à mort ſoudainemēt, à fin que tant
excellente maiſtriſe ne paruint iuſques à ſes ſucceſſeurs. Con-
cluez donq ſur les Edits, & la volonté de tant raiſonnable
Empereur. Vrayement, Curieux, ie croy que vous auez teu
plus par affection, que par oubli, l'honneur, auec lequel les
Atheniens dreſſerent en place publique vne ſtatue (ayant la
langue d'or) à la reuerence de Beroſe, pour memoire de ſes
diuines predictions. A vous ſoit le iugement, ſi ce fragment,
(qui ſe lit ſouz ſon nom) eſt digne de luy. Penſez que l'Edit
fait par ce bon Tybere vous deuoit ſeruir de grand argument: veu qu'il eſt plus qu'aſſeuré par les hiſtoires, que ce
qu'il en feit ne fut pour opinion qu'il euſt de la vanité de l'A-
ſtrologie. Dion & les autres Hiſtoriographes me ſoient teſ-
moings cõme il eſtoit ſçauant & experimenté en ceſte diſcipline, & combien il luy donnoit de foy. N'auoit il pas des
recercheurs expres qui luy rapportoient les iours & heures
des naiſſances de pluſieurs: à fin que ſ'il préuoyoit par leurs
Horoſcopes quelque fortune heureuſe, ou qui leur promiſt
quelque part à l'Empire par leur mort il peuſt eſtaindre le
ſort & trancher le chemin à leurs eſperance. En feit il pas
mourir quelques vns ſouz ceſte nue & ſimple occaſion?
Voyez comme il croyoit ceſte diuination, & combien il en
tiroit d'aſſeurance. Galba luy eſtoit extrémement odieux:

s'abstint-il toutefois de le faire mourir, pource-que par la
figure de sa naissance il auoit cogneu, non vne promesse ou
esperance douteuse, comme de quelques autres, mais vne
necessaire asseurãce que l'Empire luy tomberoit aux mains.
Et puis Vitelle (dites vous) leur donna iour & terme pour
leur bannissement, Ie le confesse : cela toutefois vous deuiez
adiouster qu'en espreuue de qui les Edits seroient plus certains, les Astrologues luy assignerent en tables fichées de
nuict en lieu public, vn iour de deux, lequel il deuoit mourir : Ainsi qu'il luy aduint. Mais ce seroit trop cauilleux
desguisemẽt de feindre les Monarques, ou grãds Magistrats
auoir tous dedaigné ou abhorré ce subiet honorable estant
ancien, que la premiere inuention en est hors de memoire.
Donques soient les Babyloniens, qui auoient des escrits
de quatre cens septante mille ans ou les Thebains : soient les
Ethiopiens, ou soient les Egyptiens premiers inuenteurs de
ceste science : il peut estre que les premiers la communique-
rent, mais non absoluëment aux Egyptiens (comme Iosephe
tesmoigne d'Abraham) qui depuis par la permission de l'Air
ordinairement serein en leur region, se dedierent à obser-
uer tant continuellement, qu'il accomplirent la science. Et
apres l'instruction des premiers illustrez de purs entendemens diuins, comme viuans en vn beau siecle d'or, suiuans
leur façon pour certaines causes remarquerent certains effects en certaines parties du Ciel, qu'ils feingnirent imagées,
comme encores nous tenons auiourd'huy : & de là diuersité
des images obseruez s'esmeut entre eux la religieuse diuersité
de viure : car ceux, qui choisissoient pour guide de leurs diuinations le Mouton celeste, reueroient vn Mouton. Ceux qui
esleuerent Apis tant religieusement, le faisoient en reueren-

Quels an-
ciens ont
traitée l'A-
strologie.

En quelle
reuerence
les Egiptiés
auoient la
discipline
celeste.

Apis.

ce du celeste Taureau. Ceux, qui donnoient en leurs prediÉtions le premier lieu aux poiſſons, ſ'abſtenoient de manger du poiſſon. Le Capricorne (depuis tant honoré par Auguſte, qu'il feit battre de la monnoye congnée de ſon image) eſtoit en tel reſpeét d'vne partie d'eux, qu'ils ne faiſoient iamais mourir vn bouc. Oſiris & Iſis pour leur excellence en la diſcipline Celeſte, furent adorez d'eux ſouz les noms du Soleil & de la Lune. Refuſeriez-vous de croire que l'oracle Delphien, adminiſtré par vne vierge, fut ſecrettement rapporté à la Vierge celeſte? Autrement pourquoy auroient-ils ſurperſtitieuſement ordonné, qu'vne femme agée de cinquante ans feroit ce meſme office en virginal accouſtrement, apres que le diſſolu Echecrate Theſſalien euſt deflorée & pollue la vierge Phebade? Au Dragon boreal ſe rapportoit le Dragon reſpondant ſous le diuin Trepied. Les Phliaſiens pour empeſcher, que la chieure (l'enten celle Eſtoille qui eſt en l'eſpaule gauche du Charretier) n'en dommageaſt leurs vignes, auoient dreſſé l'Image d'vne chieure dorée, & la reueroient religieuſement. Aucuns ont creu le Serpent Moſaïque, eſleué au deſert, auoit eſté formé ſouz la conſtellation du celeſte Serpent, d'où il tiroit ſa vertu merueilleuſe. L'on croyoit anciennement les Iumeaux preſider au Temple d'Apollon Didimée. Mais combien de grands & excellens hommes ſe treuuent auoir trauaillé ceſte part? Saſoche, ſecond legiſlateur des Egyptiens, inuenta la Geometrie, &, au rapport de Diodore, communiqua la ſcience celeſte à ſes Egyptiens. Licurge Lacedemonien vouloit l'adminiſtration de ſa republique eſtre conduite par obſeruation du Ciel: & par loy expreſſe ordonna qu'auant la pleine Lune, les Lacones n'iroient à la guerre: car il eſtimoit differente eſtre l'adminiſtration ciuile en pleine, ou defaillante Lune, à laquelle il donnoit beaucoup de puiſſance deſſus l'Elementaire region. Par les Hiſtoires ſe voyent exemples memorables de ceux, qui ont eſté punits du meſpris de telles obſeruations des predictions qui ont eſté veritables, & de la creance qu'ont preſtée à ceſte ſcience les grands Seigneurs. Thales Mileſien premier de ceux, qui préueurent onques les Eclipſes, predit certainement les eſtranges mutations des Royaumes d'Aſie. Les Lacedemoniens entreprindrent vne guerre contre les Arcades, nonobſtant l'aduiz d'Epimenide, qui veritablement leur predit la ruineuſe perte qui leur aduint. Au temps que Cæſar faiſoit la guerre à Ariouiſte, Roy des Allemans, quelques femmes Allemandes (deſquelles la profeſſion eſtoit de deuiner) aduertirent Ariouiſte & ſes gens de ne hazarder la bataille, ou venir au combat auant la nouuelle Lune, ſils ne vouloient rencontrer leur malheur. Ariouiſte, incredule, demeurant vaincu, les trouua trop à ſon dam veritables. La Grece ſouffrit punition miſerable de la ſuperbe moquerie de Pericle, riant du Pilote paoureux le Soleil eclipſant, qui par ſemblable obſcurité d'Eclipſe donna vne autre fois aſſez ſeur aduertiſſement à Xerxe de la triſte & funebre entreprinſe de ſon voyage entreprins, combien qu'inuincible luy ſembla la multitude de ſa nombreuſe armée. Les Macedoniens, par vne Eclipſe Lunaire, ſceurent la mutation de leur ample Royauté en vile & baſſe ſeruitude. Pompée ayant eſté aduerty par vn deuin, qu'il deuoit ſe garder de Caſſie, ayant touſiours l'œil à la race Caſſienne par ſa prudence euitoit aſſez toutes embuſches, trahiſons, & autres entreprinſes côtraires: Mais pource-que la diuination ne pouuoit eſtre menſongere, il fut tué, & en-

Thales Mi-
leſien.

Epimenide

Pericle.

Xerxe.

Les Mace-
doniens.

k ij

terré à la montagne Caſſie. Philiſée ne donna-il pas aduertiſſement à Ciceron banni de l'eſpece de ſa mort future ſ'il
retournoit à Rome. La Monarchie fut elle pas predite par

Theagene
à Auguſte. Theagene à Auguſte, à la naiſſance duquel Nigide l'auoit
deſ-ia predit? Les Caldées predirent-ils pas l'Empire, &
Neron. le parricide de Neron à ſa mere, qui reſpondit qu'il me tue,
pourueu qu'il atteingné à l'Empire? Et Traſille deuina à
Tybere qu'il ſeroit Empereur. Meſme aduertiſſement de
Traſile à grandeur, & outre de la mort, feit Sulla à Calligule. Vraye-
Tybere. ment l'Empereur Claude Ceſar porta par la diſpoſition de
Sulla à Ca- ſes affaires aſſez de teſmoignage, combien il eſtoit aſſeuré de
ligule. ſa prochaine mort, preueuë par celeſte obſeruation. Tite Veſ-
Claude Ce- paſien ſachant la naiſſance de deux Romains Patriciens,
ſar. qui entreprenoient d'arriuer à l'Empire, leur prédit ſeure-
Tite Veſpa- ment un danger fort prochain. Vous auez leu que Domi-
ſien. tian feit mourir Metie Pompoſian, pource-que l'on diſoit
Domitian. communément la conſtellation de ſa naiſſance luy promet-
tre l'Empire: D'où il appert que ce Tyran fut cruel contre
les ſciences, non pource-qu'il les eſtima inutiles, mais pource
qu'il eſtoit ennemi de vertu: comme il teſmoigna par la
cruauté exercée ſur Iunie Ruſtique, & Eluidie, hommes
doctes & ſtudieux. Autrement pourquoy retenoit-il ſi curieuſement l'an, le iour, l'heure & l'eſpece de la mort, que
les Chaldées luy auoient prédit eſtant encores ieune? Voulez
vous merueille plus grande, que celle qui aduint entre luy
Aſcletariõ & Aſcletarion inſigne Mathematicien? Aſcletarion accu-
s'aſſeure de ſé luy confeſſa l'aſſeurance qu'il auoit ſur ſes Diuinations: à
ſon deſaſtre quoy Domitian: Quelle (luy demanda il) doit eſtre ta fin?
Ie ſuis certain, reſpond Aſcletarion, que dans peu de temps
les chiens me deuoreront. A ce mot l'Empereur ſoudain le

fait tuer : puis, essayant de rendre l'art du diuinateur men-
songer, commanda que le corps fust bruslé. Mais combien
peut la Destinée sur l'Imperiale authorité ? Vne tempeste
soudaine escartant çà & là le funeral entassement de
bois, laisse le corps demi bruslé, descouuert en proye aux
Chiens, qui le deuorerent, demeurant sa prediction vraye
& non mensongere. Tybere soupçonnant Thrasylle, Astrologue excellent pource-qu'il sçauoit toutes ses entreprinses
conceuës, estant vn iour sur les murailles de Rhodes, deli-
beroit de le precipiter du haut en bas, à fin que par luy ses
pensées ne fussent descouuertes. En ce dessein il regarde
Thrasylle encore plus melancoliquement que de coustume,
& luy demandant la cause de son estonnemët, Sire (respondit l'Astrologue) Ie suis au plus grand peril où ie fuz onc-
ques. Tybere lors esmerueillé de tant subtile diuinatiõ rompit son entreprinse, & laissa la vie à cest Astrologue excellent. Plotin, au recit de Iule Firmique, croyable en histoire Plotin.
de tant fresche memoire, comme de son temps eslongnée
moins de soixante ans, ayant escrit contre le Destin & la
puissance des Estoilles, ne peut auec son admirable doctrine & diligente prudence euiter la plus miserable mort préueuë, dont vn corps sçauroit estre consommé. Rodolphe
comte d'Habsspuyen se pauure, & peu auancé en la court de
l'Empereur Frederic ij. estoit seul honnoré par vn Astrologue, qui ne tenoit les autres Seigneurs courtisans (quelques
riches ou fauoriz qu'ils fussent) en aucune estime. L'empereur s'en apperceuant, voulut que l'Astrologue luy en dit la
raison. Sire (respondit l'Astrologue) c'est pource-que vostre
race deffaillant, ie voy Rodolphe apres vostre mort deuoir
estre assiz au siege Imperial. Aduint que l'an 1273.

Rodolphe fut par les Princes Allemans nommé Roy des Romains. Iambon Andreade Aftrologue, prédit combien feroit pernicieux à fa patrie Nicolas, fils de Guido Mal-trauers de Pauie: Et fut trouuée trop uraye fa prediction par la mort de plus cent mil hommes deffaits, par le moyen d'une fedition efmeuë par ledit Nicolas, & Scaliger qui eftoit nommé chien. Ie ne puis taire la memorable diuination de Guido Bonatus, lequel vous tenez en tant friuolle eftime. Il aduertit Guido comte de Monferrat d'un certain iour, auquel s'il faifoit une faillie, il vaincroit fes ennemis, toutefois qu'il feroit bleffé en une cuiffe. Le comte fort, combat & deffait fes ennemis: Et Bonatus affeuré de fa prédiction l'auoit fuiui auec œufs, eftoupes & autres chofes propres au premier appareil qu'il fallut appliquer à la playe deuinée. Bartholomy Cocles, Boloignois préueit fa mort violente, ayant prédit à Lucas Gauric cinq traits de cordes en l'aftrapade, qu'il fouffrit depuis par le commandement de Iean Bentiuolle. Telles efmerueillables predictions ont efté ouyes de ce temps infinies fois: mefmes à Iean Pic Comte de la Mirandole (incredule & ennemi formel de l'Aftrologie) la mort auancée en fes ieunes ans fut préueuë d'an, de mois, & de iour: mais, pour n'en faire hiftoire plus longue, Paris Mantouan demeurera en admiration perpetuelle, & fuffiroit feul pour preuue de la verité des diuinations Aftrologiques. Car il efcriuit du temps de la mort du Pape Leon au Cardinal Alexandre Farnefe, depuis Pape, nommé Paule troifieme, une tant expreffe prediction de fes affaires, qu'entre autres chofes il l'aduertit de l'an de fon auancement au Papat douze ans auant: d'un danger d'eftre noyé, fept ans au parauant: & de la mort, vingt & fept

[Notes marginales:]

Preparatif ordinaire entre les Chirurg.

Iean Côte de la Mirãde excellẽt.

Paris Mantouã efcrit au Pape Paule troifieme,

Predictiõs memorables aduenues.

ans auant qu'elle aduint. Niez maintenant la verité des
Diuinations, & refusez au Ciel ces effects admirables, desquels il s'exerce, non seulement sur les hommes, mais encores se fait sentir & attire à soy d'vne merueilleuse inclination les Plantes, les Pierres & les animaux. Ne voyons
nous les herbes sortir de terre, les fleurs se desclore, les fruits
meurir, les animaux naistre, changer de region & se mou-
uoir en differentes actions, selon le leuer, ou le coucher des
Astres? Les Cigoigne, Oyes sauuages, Cailles, Arondelles,
& autres oiseaux passagers s'en vollent, & puis retournent en temps certain d'vne en autre region. Le Lupin, le
Soulcy, & la Cicorée se tournent apres le Soleil : l'Oliuier,
le Saule, & le Peuplier blanc, renuersent leurs fueilles au
Solstice estiual. La fleur de l'herbe nommée Tripolion par
Dioscoride change trois fois de couleur en vn iour, selon que
le Soleil se lieue, se hausse au midi, & se couche. L'herbe
nommée Lotos (au recit de Theophraste) au Soleil couchāt se
plonge la cime dedans l'eau, mesmes au Fleuue Euphrate,
& suiuant le Soleil se renuerse contre le fond si droittement
qu'on ne peut mettre la main pour la prendre assez profon-
dement : puis quand le Soleil remonte, on la voit se hausser
& sortir hors de l'eau. Les Vergilies celestes, sont exacte-
ment obseruez de l'herbe de leur nom, qui selon le leuer de
ceste troupe d'Estoilles, naist & meurt au temps qu'elle se
couche. En l'artificielle Boussole, l'esguille se tourne tousiours contre la partie Septentrionnelle. La pierre Selenite
trouuée en Arabie, represente l'image de la Lune, selō qu'elle est croissante, ou diminuäte : comme en l'Heliotrope se voit
vne marque tournoyant ainsi que le Soleil. Le formis sentant le neufieme iour de la Lune estre mal-heureux, ce iour ne

Les Plan-
tes, Pierrés
& animaux
recognois-
sent les E-
stoilles.

Lotos, her-
be excel-
lente.

Herbes Ver-
gilies.

Calamite.

Selenite.

Heliotrope

Aduiz du
formis.

sort iamais hors de sa formilliere , le Scarabée ou escargot
ayant donné forme à ses petites boulles , composées de fiente
de beuf ou d'asne , les enterre par l'espace de 28. iours : terme que la Lune prend à courir les douze signes du Zodiaq,
& le 29. sort de son nid , & les roulant leur fait representer le mouuement du Ciel, les tournant d'Orient en Occidēt,
& puis à l'imitation des Planetes les retourne de l'Occident
contre l'Orient , & ce auec trente petits pieds, desquels il est
armé pour nombre pareil aux 30. degrez de chacun des 12.
signes. Le Coq, par son chant ordinaire, nous aduertit de
la minuit , du point du iour, & de ses autres parties. Le
Cynocephale masle, tant que le iour de la ionionction du Soleil & de la Lune dure ayant perdu la veuë, s'abstient de
manger, demeurant caché & abouché tristement contre terre. D'auantage, par vne fluxion d'vrine, & par vn hurle-
ment aigu , repeté 12. fois , diuise le iour de l'Equinoxe en
12. heures egales, & mesure l'ombre Solaire. Et la femel-
le (outre les mesmes accidens) souffre vn flux menstrual.
Les Halcyones (si ne sçay si sont Martinets marins) cognois-
sent & attendent le coucher des Vergilies, & sept iours
auant l'entrée du Soleil au Capricorne, font leur nid & les
œufs en pleine Mer , mismes en celles de Sicile , pour sept
iours apres les grouer & esclorre, par permission de la tranquilité qu'ils prenoyent en cest Element , durant ces iours
esleuz. Vn autre oiseau, nommé Parra , se cache le iour que
le chien Syrien se lieue , & ne se monstre iusques à ce que
cest Astre soit couché. L'Eléphant salue la Lune nouuelle,
& se laue d'eau viue. Orix , animal Egyptien , recognoit
la Canicule , & tourné du costé d'où ceste Estoille se lieue,
ayant esternué , l'adore. Et les Fourmis se exposant au defaut

faut de la Lune ? *Qui ne sçait, que plusieurs Animaux
prenoyent, mais predisent ou par voix, ou par autre signe
les mutations de l'air tempestueux, ou serein ? Les Elemens
ne se meuuent-ils ou de matiere, ou de forme auec le mouuement du Ciel ? Outre la grande mutation des saisons ordinaires, la reuolution iournelle du Soleil change les qualitez de l'Air diuersement selon les parties du iour, au matin,
au midi, & au soir. La Lune fait continuelle monstre de
son efficace sur les corps, & principalement sur les humides. Les flots & reflots, cours & recours marins, luy sont
deuz. Les Animaux d'escaille, comme Huytres, Moules,
& autres semblables, les Escreuices & Omars sentent ac-
croissement ou diminution de leur corporelle substance, selon son mouuement : par obseruation duquel le bon Medecin proportionnât les mois Medicinal de vingt & six iours
& vingt-deux heures, en adioutant au mois de l'appari-
tion manifeste de la Lune la moitié de l'espace duquel il est
moindre que le mois de son cours ordinaire, trouuera la doctrine des Crises tres-certaine. Babylonne & Egypte ont
esprouué mainte-fois que la peste cesse ordinairement, lors
que le Soleil entre au Lyon: Car l'vne & l'autre contrée recognoit cest image Celeste pour sa tutelaire constellation.
Mais qui veut nier les admirables effectz desquels la Lune
tempere l'action Solaire ? Aux extremes chaleurs d'esté, lors
qu'elle est pleine & en sa plus puissante lumiere, elle se re-
tire loing aux signes froids de l'hiuer, pour de là refraischir
la terre eschauffée par le Soleil ardent tout le iour. Au contraire, durant l'hiuer que le Soleil esloigné laisse la terre
froide en pluyes, en neiges, & en gelées, elle s'approche de
nuit & luisant des signes chaulds de l'esté attiedit l'extreme*

l

Les Elemés
subiets au
Ciel.

Le Soleil.

La Lune.

Mois Medi-
cal, pour
les iours
Critiques.

froidure hyuernante. Ainsi par son officieux cours nous
donne de nuict au besoing la tiedeur ou frescheur necessaire
pour temperer la grande ou froidure ou chaleur que le Soleil
auoit laissé de iour. Donques nous recognoistrons en deux
Astres tant de manifeste effectz pour laisser les autres Celestes lumieres sans efficace. Les Medecins, les Nautonniers,
les Laboureurs sont tesmoins non reprochables des effectz,
lesquels ils prédisent certainement, par obseruation des
Cieux. Vrayement le bon Hypocrate (duquel toutes doctrines admirent la grandeur) quand il a escrit des eaux, des
lieux, & de l'air, de la diæte & façon de viure, & autres
liures, commande bien expressément l'obseruation du leuer
& du coucher des Astres: & sur l'Astrologie, asseure grand
nombre de ses predictions de l'estat salubre ou maladif de
l'humaine vie. L'art de la Nauigation n'est assiz sur autre
plus certain fondement: Et du Ciel tirent les bons Pilotes la
preuoyance du temps futur tempestueux ou serain: du moins
les plus simples & grossiers matelotz eslieuent l'œil en haut,
pour y recercher quelque signe de tranquilité desirée comme
là où Theocrite chante:

> Deçà, delà, par l'air toute Nuée fuit:
> Et derechef au Ciel l'vne & l'autre Ourse luit:
> Mesmes les deux Asnons, auec leur créche obscure
> Se descouurans à clair, de bonace future
> Font signe aux Mariniers.

Mais ie vous prie niez les effects celestes à l'Agriculture sans
rougir, pour estre conuaincu d'impudence par la continuelle
experience, & par Hesiode, Vergile, Columelle, Varron, Ca-
ton, & tous ceux qui de leurs discours embellirent onques
le necessaire art de labourage. Auec l'authorité de ceux-cy,

i'ose adiouter (sous l'aueu de Porphire) qu'anciennement les
Dieux des Gentils, par obseruation du mouuement des
Astres en leurs Oracles, predisoient les choses aduenir: comme Apollon interrogué sur le sexe d'vn enfant, duquel vne
femme estoit enceinte, respondit, qu'il estoit feminin, rendant pour raison la constellation de la Lune & Venus.
Comme encores il rapporta à Saturne la Pulmonaire passion d'vn Phtisic, & le iour prochain de la mort d'vn autre
à Mars & à Saturne. Car la verité des Oracles anciens ha
esté fermement auouée: & les Manties aussi, lesquelles
(auec le demi-equiuoque) vous outragez à tort, comme
mensongeres: mesmes la Necromantie est plus qu'euidem-
ment prouuée veritable par l'histoire de Saül & de la Phytonisse. Vous auez leu (& nous le receuons pour telle verité, que le nier seroit pir qu'heresie) que celle Phytonisse
euoqua Samuel mort: chose qui ne se faisoit que par Necromantie, selon la secrette doctrine de laquelle, le mort s'ap-
paroissoit les piedz contremont, & la teste en bas s'il estoit
appellé en faueur d'vne personne populaire: & au contraire, si pour royale personne, il se faisoit voir la teste en
haut, & les piedz contrebas: d'où le Cabalistes dyent
que la Phytonisse descouurit celuy qui l'interrogoit estre
le Roy Saul, qui autrement de face luy estoit incogneu.
Mais pour laisser ces secrets profonds faire place aux raisons de la Nature plus familiere, sur lesquelles les Astrologiennes diuinations sont fondées: il ne se trouuera (à mon
iugement) vn tant opiniastre ennemi de la discipline Celeste
qui ne confesse les quatre qualitez premieres & vniuerselles Chaleur, Froidure, Seicheresse & Humidité, souffrir
alteration & changement souz le pouuoir des Astres. Tes-

Les oracles responduz selon l'Astrologie.

Que la Necromantie est vraye.

Esprit de Samuel.

Que les Astres peuuent sur les quatre qualitez vniuerselles, & sur les humeurs de l'homme.

moings en foient les quatre faifons de l'An, diuerfifiées felon
ces qualitez : defquelles fi nous fommes compofez, & fi la
temperature de l'vne auecque l'autre nous eft fource, & fou-
ftien de la vie, deûrons-nous pas du moins recognoiftre le
gouuernement, & les mutations de noftre partie corporelle,
des mouuemens, des Aftres, qui font caufe de telle mutation
aux premieres & grandes qualitez? Seroit-il croyable à vn
bon fens, que la Mer, l'humeur de la Terre, la feue & le
fuc des Arbres & des Plantes, & l'vniuerfelle humidité elementaire fuiuit les mouuemens celeftes, & qu'en nous fingu-
lierement les humeurs ne fouffriffent aucune mutation, &
fuft fur cefte part le Ciel fans efficace? Ie fçay bien que le plus
ingrat permettra bien cefte puiffance aux Aftres, comme
chofe fenfible & euidente. Refte donq que par cefte confef-
fée puiffance ie conclue le ciel pouuoir deffus les mœurs, &
les actions de l'efprit : car par la doctrine d'Ariftote & de
Galien, c'eft à dire par doctrine naturelle, les mœurs de
l'efprit fuiuent la temperature du corps. L'humeur coleric
rend l'homme impetueux & de mœurs & d'efprit: l'humeur
melancolic rend l'homme fombre, & d'efprit tenebreux:
mais la temperature de ces humeurs corporelles eft rapportée aux corps celeftes, aufquels par ce moyen demeure la
puiffance de faire fouffrir changement aux mœurs, aux
actions d'efprit & courages humains : defquels les differences font multipliées de telle diuerfité, & les actions tant admirables, que, defaillant toute caufe çà bas, le ciel fans doute en doit eftre appellé : car quand cefte partie de Philofophie
naturelle feroit fauffe, ie ne voy pas, que fort neceffaire nous
fuft la cognoiffance du mouuement du ciel, de laquelle à iuger fans affection, la fin eft, fachant les mouuemens, fça-

uoir de quels effectz ils sont cause ça bas. Ainsi Ptolomée
(& auant luy les Egyptiës, les Chaldées & autres anciens)
ayant discouru le mouuement des Astres, entreprint de descouurir leur nature & efficace vigoureuse sur nous, rapportant par vn industrieux calcul à l'heure de la naissance le
cours entier de la vie suiuante. Et pour ce faire declaira la
nature de chacune Planete & de chacune des Estoilles insignes & remarquées. Il ordöna raison & ordre aux Signes,
aux Aspects, & aux Maisons. Icy fondet les aduersaires leur
incredulité: & (côme ils se laissent transporter à leur haine
passionnaire) s'esmeuuent vainement, côbien que toute ceste
partie soit accompagnée de raisons receuables. Au Zodiaq *Raison des noms des douze Si-gnes du Zo-diaq.*
diuisé en douze Signes (outre beaucoup d'autres raisons) les
anciens nommerent le Mouton, comme premier, en veuere-
ce de Iupiter Ammonien, auquel cest animal estoit dedié,
comme mis pour les sacrifices & diuines oblations en vsage *Le Mouto.*
ordinaire. Ils donnerent au second Signe, le nom de Tau- *Le Taureau*
reau, pource-qu'ainsi que cest animal est fort & propre au
labourage, le Soleil aussi entrant en sa constellation nous
semble renforcer sa chaleur, & la terre se fait capable pour
estre cultiuée. Les Iumeaux suiuent au troisieme lieu, côm- *Les Iume-aux.*
me signifians la chaleur Solaire estre redoublée, & qu'alors
toutes bestes sont accouplées selon la feconde nature de leurs
sexes & especes. Le Cancre represente le mouuement que le *Le Cancre.*
Soleil fait en reculant du Solstice, où est son plus long eslongnement. Apres nommerent le cinquieme le Lyon, en côm- *Le Lyon.*
paraison de la violence duquel le Soleil lors fait sentir par
l'Air purifié sa plus vehemente chaleur. Des-lors commen- *La Vierge.*
ce l'ardeur Solaire à se diminuer sur nous, & commence
toute generation à cesser, pource-que la violence de chaleur

passée, ha consumé & desseiché toute engendrante humidité,
ainsi que signifie le sixieme Signe, auquel, à ceste cause, ils
donnerent le nom de la Vierge sterile, suiuie des Balances,
qui mettent en contrepoix egal, & donnent egale portion
de temps au iour & à la nuict, & au froid & au chaut.
Mais pource-qu'au mois suiuant, le froid surmonte la chaleur, & l'Air corrompu par intemperie(ores de tiedeur, ores
de pluye, ores de froidure) engendre diuerses maladies mor-
telles, ils nommerent ce huitieme Signe & espace du Ciel
par le nom du Scorpion, bestion venimeux. Le temps suiuant la chaleur combatue, commence de faire place au
froid, & l'Air distemperé par la froidure, darde sur la
Terre des pluyes & des neiges, comme flesches tirées par le
Signe, ainsi pertinemment surnommé Archer, ou Sagittaire: voisin du Capricorne, animal froid, sec & melancolic, pour figure de l'Air de telle qualité, quand la chaleur Solaire entierement vaincue fait place au froid, aux
neiges, & aux glaçons. Au mois suiuant, que le Soleil,
commençant de retourner à l'Equinoxe printemnal, dissout
la rigueur des froidures en pluye: celle part du Ciel qu'il tra-
ce, est proprement figurée du Verseau: comme de l'image des
Poissons le douzieme, quand les eaux signifiées par l'animal
plus humide de tous, sont les plus abondantes. Pourquoy
ne sera la rencontre des quatre Aspectz figurez en la diuision
du Ciel par ses douze parties, receuë & estimée subtile? Les
quatre saisons de l'an sont confessées & rapportées au chemin du Soleil par le Ciel, d'où les Astronomes l'ont premierement diuisé en quatre pieces, ordonnée chacune à sa propre saison. A celle du Mouton iusques au Cancre, pour le
Printemps: celle du Cancre iusques aux Balances, pour

La Liure, ou les Balances.　Le Scorpiõ　L'Archer.　Le Capricorne.　Le Verseau　Les Poissõs　Raison des quatre Aspectz.　Quatre saisons, chacune en trois chägemés.

l'Esté : celle des Balances iusques au Capricorne, pour l'Automne : & pour l'Hyuer depuis le Capricorne iusques au
Mouton. Puis considerans le cours de chacune saison estre
en trois changemens : d'vn commencement, d'vn accroisse-
ment & d'vne diminution, ils estimerent chacune quarte
partie pertinemment estre diuisible en trois : d'où multiplians
quatre saisons par trois changemens, trouuerent douze parties en l'entier Zodiaq, que le Soleil passe de course ronde,
pour accomplir l'an de ses quatre saisons. Le cours de la Lune, qui en vn an se rencontre douze fois auec le Soleil, &
qui fait entre l'vne & l'autre rencontre, quatre mutations
aëriennes, se monstrant de trois faces singulieres, deux de-
mies & vne plaine, ha esté adiousté pour cause de ceste diuision en douze, nombre dans lequel sont contenues les proportions parfaites, triples, doubles, autant & demi, &
autant & tiers. La description des aspectz, de six parties
pour l'opposition, de quatre pour le Trigone, de trois pour le
Quadrat & de deux pour le Sextil, est cogneue de tous. Et
n'est moins certain, que sous ces nombres, six, quatre, trois,
deux, est comprinse l'entiere harmonie, qui ne pouuoit estre
recogneue en plus illustre corps, ny tirée de source plus digne
que le Ciel : d'où les raiz descochez contre nous, en l'vne de
ses proportions, & non autrement, executent d'admirables
effectz, selon la proportion du Triangle equilateral, ou isoscele, qui se fait par trois lignes imaginées : l'vne de l'vn, à
l'autre point, qui forme l'Aspect : & les deux autres tirées
contre le centre, qui souffre l'Aspect de chacun de ses deux
points regardans. Le premier point du Mouton, regarde le
premier point des Iumeaux d'vn Aspect Sextil : & se figure
vn Triangle equilateral par imagination d'vne ligne tirée

Margin notes:

Quatre mu-
tations aë-
riénes, sous
trois faces
Lunaires.

Trois As-
pectz, sont
de Triãgles
imaginez.

Aspect Sex-
til, en Triã-
gle equila-
teral.

du premier point du Mouton au premier point des Iumeaux:
d'vne autre ligne, tirée du premier point du Mouton contre
le centre, & d'vne autre tirée contre le mesme centre, depuis
le premier point des Iumeaux. Les autres Aspects sont de

Aspects Tri gone & Quadrat, en Triãgle isoscele.

Triangles isosceles: car au Trigone & au Quadrat, se com-
posent deux lignes egales, tirées de chacun point regardant
au centre, & d'vne ligne plus longue tirée de l'vn à l'autre
point regardant, côme du premier du Mouton au premier du
Cancre pour le Quadrat, & du premier du Mouton au premier du Lyon, pour le Trigone. Et ne sont receuës autres pro
portions d'Aspectz (car l'Opposition, & la Conionction sont
côme droites lignes tirées perpendiculairement sus vn point)
pource-qu'entre deux Estoilles plus prochaines que l'Aspect
Sextil ne les dispose, seroit vne ligne imaginée plus courte que
celle, qui tend du centre à la circonference: & tend ainsi
les raiz empruntez l'vn de l'autre: car i'enten que chacune
Estoille se fait centre pour receuoir, comme d'vn point de sa
circonference, la vertu des raiz d'vne autre Estoille regardée, tellement qu'elle ne les employe loing de soy, qu'en proportion de la distance du lieu d'où elle les ha empruntez.)
Ainsi donques, ces raiz empruntez l'vn de l'autre, ne se
pourroient estendre iusques au centre, pour en sy contioin-
gnant, influer leur efficace. Car si vne ligne tirée du premier
point du Mouton au premier point du Taureau, s'accom-
modoit contre le centre, elle demeurât suspendue, ne pourroit
arriuer iusques à luy, pource-qu'elle seroit moindre qu'vn
demi diametre. Et qui refusera ceste, ou semblable raison,
prenne garde, que si certaines & proportionnées distances
de deux corps & d'vn miroir, font apparoir ou disparoir
l'vn à l'autre des corps, dans le miroir presenté, il est bien

necessaire

neceſſaire que par certaines & non deſ-ordonnées proportions , deux Aſtres executent en vn point ſubiet , l'effect de
leur admirable puiſſance . Choſé que ie deduis , ſuppoſans
que la diſtribution des vertus planetaires ſe doiue rapporter
au Ciel huitieme , ſelon les parties duquel les Planetes ſont
diuerſement officieuſes : car autrement les triangles ſeroient
compoſez en autre proportion , ſelon qu'vne Planete ſeroit
plus prochaine de la terre que l'autre , comme ie pourrois
diſcourir en vn plus grand loiſir. Ainſi peuuent eſtre rendues
raiſons ſuffiſantes des fondemens d'Aſtrologie: de telle toutefois & tant rare dignité, qu'il eſt defendu à ceux , qui par
capacité de leurs eſprits heureuſement eſleuez ſ'en ſont ren-
duz cognoiſſans , de la communiquer trop vulgairement.
Choſe , qui , rendant les fondemens de la diſcipline plus
obſcurs, preſte occaſion à ceux qui les ignorent , d'eſgayer
leurs libres entendemens à la blaſmer , & iuger menſongere. Se eſt-ce que rien ne ſ'y trouue ſans raiſon , ſans ordre
& ſans ſinguliere proportion. La bonté & la malice des
Aſpectz eſt proprement affermée par la nature des lieux de
leurs diſtances: car les Aſpectz Sextil & Trigone ſont entre
eux accordez d'vne meſme ou prochaine nature , comme du
Mouton maſculin & ignée aux Iumeaux maſculins & aë-
riens de nature beaucoup prochaine au feu: & pource-qu'ils
ne ſont en tout ſemblables, l'Aſpect Sextil eſt de bien-veuillance couuerte, & d'imparfaite amitié : mais le Trigone eſt
d'amitié parfaite & d'apparente bien-veuillance, comme
du Mouton au Lyon , qui ſont deux Signes ignées maſculins, & de meſme nature. L'Aſpect Quadrat eſt fait malicieux pour la diſcorde qui eſt entre les Signes diſpoſez en ceſt
Aſpect, comme du Mouton ignée & maſculin au Cancre fe-
m

minin & aquatique, tant contraires en tout, que ceſt Aſpect
eſt d'inimitié outrée. Et eſt ceſte diſcorde tant malicieuſe,
que des deux iointes enſemble, ſe fait l'Oppoſition, qui eſt
mauuais Aſpect, comme du Mouton aux Balances, qui eſt
oppoſition compoſée de deux Quadras, l'vñ du Mouton au
Cancre, l'autre du Cancre aux Balances. Mais ſi ceſte raiſon
ne ſuffit à quelqu'vn tant difficile à contenter, que ny ces
raiſons, ny l'authorité des Autheurs, ny la preſcription du
temps qui ha receu cecy de plus vieille memoire, ny l'experience certaine luy ſuffiſent, i'adioute que de deux Signes
oppoſez, l'vn monte ſur l'Horiſon, & l'autre deſcend deſſous : en l'vn le Soleil logé, fait vne ſaiſon contraire à celle
qu'il feroit eſtant en l'autre oppoſé : le Soleil au Mouton fait
le Printemps, & aux Balances il fait l'Automne : au Cancre il faict l'Eſté, & au Capricorne il fait l'Hyuer. Et puis
les diuers lieux ne diuerſifient la qualité de l'Aſtre. Vrayement ie ne voy rien plus prouué, & meſmes vous auez confeſſé (ſ'adreſſant au Curieux) que le Soleil ſe faiſoit ſentir çà
bas en plus ou moins violente chaleur, ſelon la place de laquelle il nous luit : Car du Cancre il nous bruſle & ſeiche,
& du Capricorne il nous laiſſe & géler & moiller. Pourquoy donques n'auront les autres Planetes differentes puiſ-
ſances, ſelon qu'elles ſeront aſſiſes en vn ou autre lieu du
Zodiac ? Mais qu'eſt il beſoin qu'icy ie rapporte les cauſes,
leſquelles (vrayes ou fauſſes qu'elles vous ſemblent) ie ſçay
que vous n'ignorez point ? Vrayement à qui voudra ſaine-
ment contempler l'eſtre du Monde, il trouuera que les experiences repetées en infiniz effectz, concluent neceſſairement
la verité des cauſes attribuées par tant authoriſée antiquité
aux corps Celeſtes, que les aduerſaires ſemblent eſtre obſti-

Oppoſitiõ
ou mauuais
Aſpect.

Proprieté
du Soleil.

nez en trop des-raisonnable incredulité. *Quel tesmoignage,*
(ie vous prie) attendent ils ? Si les hommes de plus illustre
marque ne leur semblent croyables , faudra-il que les bru-
tes soient contre nature , douées de parolle pour leur persua-
der ? Plotin & Origene combattans ceste science excellen-
te, furent contrains de confesser dedans les Cieux les choses
qui doiuent aduenir , estre escrites en lettres qui se trassent
continuellement : ou qui dés le commencement furent faites
& descouuertes au fil du temps , selon que les choses succe-
dent l'vne à l'autre. Mais sensuit-il (comme ha voulu Plo-
tin)que si le Martial ou le Saturnien est de complexion mau-
uaise, que Mars & Saturne soient malicieux ? Trop insup-
portable seroit l'impieté, qui contamineroit de telle outra-
geuse calomnie le ciel : qui, influant çà bas ses puissances, les
imprime selon la capacité du subiet , & non en parangon
de comparaison rapportable entierement à sa perfection. Le
Feu materiel accommodé à nostre vsage, procede du Feu su-
perieur: & toutefois il tient ses qualitez beaucoup empirées:
Car le superieur est durable, non esteingnable, salutaire &
conseruateur des choses engendrées & de leur generation:
au contraire, le materiel est peu durable, esteingnable, reque-
rant pour l'entretien de sa durée nourriture continuelle, dont
il est dommageable & ruïneur de tout ce-qui tombe dessous
sa deuorante force. Le superieur est tout lumineux : & le
materiel tousiours accompagné de fumée tenebreuse. Don-
ques de la puissance ignée , qui de là haut se communique çà
bas, & rejaillit sur nous , ne nous reste que ie ne sçay quel
feu abastardi , qui neantmoins ne doit tascher la source de
l'ignée pureté d'aucune marque d'imperfection. Aussi noz
courages , souz les influctions des Estoilles , sont poussez se-

lon les mouuemens de colere ou defir, iufques au vice, com-
bien-que les Eftoilles ne foient touchées de vice aucunement. Venus influe, augmente & continue en nous l'amour
neceffaire, & l'ardeur charitable : comme cefte Planete de
foy n'eft autre chofe qu'vn pur chariot(à parler Platonique-
ment) de l'Idée de benignité : mais cefte qualité procedante
d'vne Celefte fource, eft deprauée en noz humeurs, qui au
lieu de receuoir ces louables & vertueufes impreßions,
bouillent d'vne ardeur de luxurieufe lafciueté, & amour
impudique. Mars d'vne genereufe chaleur efcoule çà bas la
magnanimité courageufe, qui empirée, rend le Martial impetueux, impatient & ami des armes, maniées outrageufe-
ment auec les mains cruelles. Saturne efleué fur toute Planete, prefteroit là maiefté venerable, & la fubtilité des contemplations profondes : mais ce diuin naturel fe contamine
& fouille dedans nous, qui fommes faits ftupides, eftonnez
& folitaires iufques à vne Mifanthropie plus qu'inciuile.
En ceft endroit, Mantice continua la defcription des facultez & puiffances des Planetes, lefquelles, bien que tres-
bonnes de foy, il prouuoit eftre mal receuës en nous, dont par
l'iffue des mauuais effectz nous les iugeons mauuaifes. Puis
il adiouta : penfez, dit-il, que bien eft accomplie la partition
des Aftres, qui doiuent eftre corps Animez, ou inanimez :
peuuent-ils pas eftre d'vn tiers gendre, c'eft à dire, ny l'vn
ny l'autre, comme il eft plus croyable ? Toutefois, de quelque qualité qu'on les conditionne, ils ont fans doute quelque
force fur les mœurs, puis-qu'il eft perfuadé, que l'efmotion
des humeurs leur appartient. Mais auec quelle neceßité les
doit on croire auoïr, ou non auoir Ame, pour f'efgarer aux
refueries d'Origene ? Voyez quelle confequence eft celle là :

Ce corps est inanimé, donq par luy aucune animale action
ne se peut esmouuoir. Resueillez, ie vous prie Curieux, voz
raisons naturelles, desquelles vous faites tant inuiolable ef-
eu. Combien de Plantes peuuent esmouuoir & changer les
mœurs, l'esprit & les offices de l'Ame? L'Ocimum, ou Ba-
silic donne la Manie : & l'Hellebore la purge. Pline asseure l'herbe Doricniü transporter l'esprit de telle follie, que qui
en boit vne dragme, entrant en fol contentement de soy
mesme, s'imagine vne extreme beauté: & qui plus en boit,
denient plus furieux. Et selon Dioscoride la graine de celle
mesme herbe peut esmouuoir l'amour. Le Miel Trapesun-
tin (au rapport d'Aristote) fait fol l'homme de sens rassis:
& d'vn contraire effect rend au fol vn bon entendement.
Au temps qu'Antoine ramenoit du voyage contre les Par-
thes, son armée Rommaine, les soldats trouuerent par les
deserts vne herbe de telle efficace, que celuy qui en mangeoit,
transporté & esperdu d'esprit se consumoit, comme vn autre
Sisiphe, en l'vnique & continuelle sollicitude de remuer
vne Pierre. La Buglosse, surnommée Euphrosine, beuë
auec du vin, accroist les voluptez de l'Esprit: Et le vin mesmes, comme est-il vigoureux à faire changer les mœurs?
A l'authorité d'Aristote peut estre adioutée la familiere experience, qui preuue ceste liqueur commune esmouuoir l'ire,
la douceur, la misericorde, l'audace, & autres passions
d'vne miraculeuse diuersité. L'hierre, la Iusquiame, & plusieurs autres herbes, troublent l'entendement : ce-que fait
la magicienne beste Hiene. De quelle miraculeuse puissance estoient douez le Moly & la Nepenthe Homeriques? La
pierre Galactite, oste la memoire : ce-que fait l'vne des-deux
fontaines Trophoniennes en Boëtie, demeurant l'autre en

Heraclitie, Fleuue.

proprieté de la rendre. Qui se bagne deux fois dans le fleuue Heraclitie, est changé du tout en vne autre nature. En l'isle

Fōtaine de Cée.

Cée est vne fontaine, qui fait stupides, & abestit les hom-

Eau de Ci-litie.

mes : & en Cilicie vne eau se treuue, qui rend l'esprit subtil. La Terre Delphienne inspiroit la diuination : & tant puis-

Terre & air en Delphe.

sant estoit l'Air du creux Delphien, que les chieures esmeues & de voix, & de mouuemens miraculeux, outre leur na-ture, monstrerent à Corele (si i'ay memoire du nom) cheurier qui les gardoit, le moyen pour deuiner les choses aduenir. Mais ou cerché-ie les estranges & rares miracles de tel ef-

Chien enra-gé.

fect? Qui ne scet, & qui ne craint la morsure du chien en-ragé, trauaillant l'esprit d'vn tant miserable transport? N'est

Tarantole, yraigne.

le dangereux Phalange, ou yraigne Tarantole, assez esprou-ué? Apres la morsure duquel, la personne se persuade la mesme opinion pour vraye, en laquelle quelque affectionné souhait le pouuoit entretenir (à l'heure qu'elle aura esté pic-quée) comme d'estre Roy, ou beau, ou ieune, ou vieil, ou pauure, ou autres semblables choses. Les liures naturels sont remplis de telles choses: & les Magiciens sçauent Her-bes, Pierres & Characteres qui esmeuuent l'amour, & at-

Aneau de Gyges.

tirent la faueur des grands. L'Aneau de Gyges, tant fa-meux que Platon l'a daigné raconter, eut efficace de faire l'homme inuisible, & donna à Gyges, qui estoit de la plus basse & vile qualité, le moyen d'atteindre à la coronne Ly-dienne, & espouser la Royne. Toutesfois de tout cecy, quel corps est animé d'Ame suffisante pour faire action animale, si cest argument estoit vray? Donq ces choses Elementaires & corruptibles aurōt tant admirable efficace, & les Astres non! Ie me resous de croire, que les Estoilles allument & nourrissent les vies de tous les hommes par l'inspiration de

leurs raiz qui befongnent en nous, felon la capacité & con-
ftitution de noftre eftre, & non felon la pure vertu de leurs
qualitez puiffantes fur nous, comme affignées en corps plus
excellens, que tous les animez, ou non animez de ce monde
Elementaire : auffi priuées de toute malice & imperfection
trop indignement imaginée, ou imputée au Ciel : car fi l'influxion Celefte nous donne dequoy plaindre, c'eft par faute
d'entendre que la matiere procede le principal defaut, puis
de la race du païs, de la couftume & de la nourriture. Toutes ces circonftances feront par le bon Aftrologue examinées,
pour entrer en certain iugement. Parquoy la naiffance du
pere peut eftre confiderée pertinemment, auant que iuger les
accidens du fils : car les vies font neceffairement encheinées
enfemble. D'où le fubtil Prognoftiqueur fe fera voir fur
tous les autres hommes familier de la diuinité. De cefte chei-
ne en cheinons d'aneaux Platoniques, auec laquelle ce Monde eft encheiné (felon l'offre de Iupiter Homerique aux autres Dieux) fe peut tirer la verité de toute chofe demãdée, &
fe peut choifir l'heure heureufe pour les elections: car dés long
temps le Ciel tournoye pour executer l'effect, duquel vous
demandez premier d'eftre aduerti : & peut l'Aftrologue interrogué, lire dans les lettres du Ciel la refponfe de la chofe
demandée, comme il y peut voir quelles font les bonnes ou les
mãuuaifes heures. Quelle refponfe merite voftre moquerie,
des tables de la demeure de l'enfant au ventre de fa mere?
L'hiftoire eft cogneuë & receuë en tefmoignage de verité,
que L. Tarutie firmian, par les faicts la vie & la mort de
Romule, trouua que ledit Romule auoit efté engendré le
premier an de la feconde Olympiade à 3. heures du 23. iour
du mois, que les Egyptiens appelloient Choeac (c'eft à dire

Choeac, a-
lias mois
de Decem-
bre.

Toth. 12.
de Septem.

enuiron le 13. de Decembre) à l'heure que se feit vne grande Eclipse de Soleil, & qu'il fut né le 21. du mois. Toth, c'est à dire le 12. de Septembre. Ne peut donq' estre recerchée la conception par la natiuité, puis-que par la mort & par la vie, la natiuité est retrouuée? Mais quand la conception ne seroit retrouuable, la natiuité me semble suffisante pour presenter le Ciel au iugement de l'Astrologie: Car combien que la conception soit vn commencement de l'estre humain, si est l'issue du ventre de la mere la vraye generation, pource qu'à l'heure de la natiuité, l'enfant se parfait en la perfe-ction d'homme par beaucoup de conditions qui luy defail-loient estant encores fruict enclos dedans la mere. Lors il commence à respirer l'Air, subiect aux raiz & constella-tions Celestes: & l'attirant, s'abreuue des qualitez que les Astres & Estoilles auoient imprimées en cest air à l'heure de la naissance: d'où il aduient, que le bon Astrologue, sça-chant celle heure & cognoissant la disposition & qualité des corps Celestes, voit comme en vn liure, là haut, les mœurs complexions & autres conditions futures de l'enfant. De-dans celle escriture est descrit l'Vniuers tant amplement, que

Que Iesus
Christ, s'est
mis souz
l'influence
des Astres.

Dieu s'y est voulu escrire, d'autãt qu'il s'est fait receuable de l'humanité, dont l'on ne doit s'apprester à rire de telle gayeté. Car si vous soustenez en approbation de toute pieté, que la passion, voire toute la vie de Iesus-Christ, ha esté predite par les Prophetes, qui toutefois ne sont reputez coulpables des effectz aduenuz selon leurs propheties, deuez vous scanda-liser vostre Ame, oyant dire qu'il luy ha pleu d'inscrire la subiection naturelle (de laquelle il voulut se reuestir) en ca-racteres Celestes, la puissance desquels n'est cause de ce-qui aduint, mais plustost ce-qu'il auoit disposé le Ciel, selon sa

volonté,

volonté, de l'aduenir ? *Et puis vous inuoquez (Curieux)*
l'Anatheme & detestation des Theologiens. Et puis vous
vous promettez que les Philosophes vous fourniront de rai-
sons naturelles tant abondamment de tout ce qui aduient çà
bas, qu'en exclamation de cause gaignée vous demandez:
Que sont donq les Estoilles ? Vrayement en vostre argumēt
de la ressemblance des Pies aux Pies, & des Corbeaux aux
Corbeaux, ce qui vous fait douter, est cela qui m'asseure:
car les oiseaux non seulement, mais tous les Animaux qui
esclouent, ou engendrent en saison arrestée & ordinaire, ont
ressemblance de beaucoup l'vn à l'autre, chacun à ceux de
sont espece, pource-qu'en celle saison mesme, en laquelle ils
sont tous faits viuans, mesme constellation est disposée pour
leur influxion, comme il est euident que le Soleil, & les
Planetes, demeurent beaucoup de iours à courir par vn Si-
gne. Mais les Animaux, qui ont vne nature d'engendrer,
inconstante & muable de temps, c'est à dire ores en ceste,
ores en vne autre saison, comme les Hommes, les Chiens,
les Poules, les Pigeons, & quelques autres portent aussi,
par la dissemblance de leurs figures & formes corporelles
diuerses, bon tesmoignage des diuerses constellations puis-
santes en leurs naissance & generations. Et quand cecy
ne resoudra suffisamment vostre doute, m'auez vous prou-
ué la verité de la ressemblance des animaux d'vne mes-
me espece ? Si ie la nie, qui me pourroit, mais qui se pour-
roit persuader soy-mesme auec bon iugement, qu'il eut vra-
ye cognoissance de ceste tant expresse ressemblance ? Qui s'o-
seroit asseurer d'auoir rencontré en toutes les Pies propor-
tion d'egale mesure, de bec, de pieds, de serres, de iambes,
d'yeux, mesme nombre & mesme longueur & grosseur de

*pennes & de plumes ? Qui auroit les yeux tant certains,
qu'ils peuffent affeurer la blancheur & la noirceur en toutes Pies eftre en mefme degré de couleur ? Qui ne choifit aifé-
ment les vnes eftre plus grandes que les autres ? Ie vous prie,
auec quelles oreilles, tant exercées fuffent elles aux propor-
tiõs des fons & des voix, pourroit-on prouuer qu'elles grail-
lent toutes d'vn mefme entonnement ? Mon ouïe m'a bien
tefmoigné le contraire. Mais comme fçauons nous, que leurs
imaginations foient femblables ? Si nous ignorons les differences de noftre efpece, comme pourrons-nous eftre affeurez
des autres ? Ie voy tous les hommes auoir les yeux fouz le
front, le nez au milieu de la face, la bouche couchée entre le
nez & le menton, cinq doigs en chacune main : bref ie voy
tous les hommes tant femblables que rien plus : mais l'ordinaire conuerfation que nous auons enfemble d'homme à
homme, nous fait fçauoir difcerner & choifir les moindres
differences du plus, ou du moins, de la blancheur du teint,
de la hauteur du front, de la longueur, ou autre forme du
nez, & ainfi des autres differences tant menues & de petite mefure, qu'au mefurer du bec & autres membres de diuerfes Pies, ou Corbeaux, les diuerfitez fe monftreroient en
plus choififfable difference. Auffi oferois-ie dire, que les
Animaux conçoiuent mefme imagination de noftre femblã-
ce que nous auons de la leur, & qu'ils ne choififfent aifémẽt
la difference, qui eft de l'vn à l'autre homme, non plus que
les hommes d'vne à vne autre Pie, ou d'vn Corbeau à l'autre. Combien voyez vous de Chiens, mefcognoiffans leur
maiftre pour auoir changé fon accouftrement ordinaire ?
Ne f'en voit il, qui fuiuront celuy qui fera monté fur le cheual, ou veftu des habits de leur maiftre ? Et toutefois nul*

animal se trouue plus cognoissant de l'homme, ou compagnon plus feable. Ie demeure en opinion, que chacune Pie ha quelque particuliere difference choisissable entre les Pies, & chacun Corbeau entre les Corbeaux, auec lesquelles tels Animaux s'entre-cognoissent : & par ainsi leur vniuerselle ressemblance est deuë à l'vniuerselle constellation de la mesme saison en laquelle ils sont tous faits. Et si vous me pressez par obiection des ordinaires & momentaires changemës des constellations, selon les diuers mouuemens Celestes, ie respons, qu'aussi ont-ils infinies, menues & particulieres differences : & que diuers accidens de mort & d'autres choses leur succedent, qui sont rapportables aux diuerses & differentes rencontres de diuerses & differentes Estoilles: mais si à faute de pouuoir penetrer iusques dans les secrets succez des Animaux (qui nous demeurent moins cogneuz, pource qu'ils nous fuyent, & se cachent de nous) nous pensons leur vie estre moins subiette à diuers Destins: reiettons au moins cela à leur brutale nature, qui n'a eu besoing pour sa perfection, d'estre embellie de tant de diuerses singularitez que l'espece humaine, & (si ceste comparaison vous semble receuable) considerons que, mesmes entre les hommes, ceux qui sont moins esleuez ou d'esprit, ou de biens, ou d'administration, viuent vne vie plus tranquile, moins subiette aux diuerses & estranges actions des destinées, que ceux, qui ont les grandeurs pour propre & affectionné subiet. Ainsi les Brutes, guidées par certain petit nombre de Destins, laissent la pluralité d'iceux aux hommes poussez par nature à plus diuerses & singulieres actions. Aussi, que chacun contemple en soy ses desseins deliberez auec leurs issues, & il verra qu'infinies choses luy aduiennent, lesquel-

Difference entre les Animaux.

les ny la prudence auoit preueu, ny la bonté naturelle ha
peu empefcher, ny la religion ou couftume du païs ha con-
duit : & defquelles aucune caufe n'eftant apparente de çà
bas, l'on ne peut rendre raifon receuable, que l'admirable
puiffance du Ciel, & des Eftoilles : Aufquelles l'on ofte ma-
licieufement l'adminiftration des caufes, fouz ombre de ce-
que nous ne les cognoiffons, qu'obfcurément: ou que les fau-
tiues refponfes des profeffeurs, mal exercez & ignorans de
cefte difcipline, font contraires aux effectz fuccedans : Car
fi l'erreur d'vn ignorant profeffeur de Geometrie, ne fait que
les demonftrations Geometriques foient priuées de verité,
pourquoy fera de plus feruile condition l'Aftrologie, de laquelle l'on voudroit la verité eftre mefurée felon les refponfes de fon profeffeur ignorant, fans rapporter aucunement
en conte les diuinations certaines, & predictions veritables
(iufques au nom de miracle) qui ont efté données infinies
fois ? Ie cognois vn voftre parent (continua il, f'adreffant à
moy) grand aux affaires de France illuftre de nom, & de
rare fçauoir, qui ha, dix ans font paffez, les iugemens d'vn
Genethliaque fur fa naiffance, lefquels il ha trouuez tant
veritables en ce-qui luy eft aduenu, foit aux moyens & degrez de la grandeur, à laquelle de Gentilhomme priué il
eft arriué, foit à la difpofition de fa perfonne, mefmes d'vne
maladie (qui felon les mots expres de la prediction) meit fa
vie hors de tout efpoir entre les Medecins, que vous iugeriez
l'Aftrologue auoir, non preueu les chofes aduenir, mais def-
crit vne hiftoire de chofe jà paffée. Qui dira que fa diuinatiõ
foit rencontre fortuite & à l'aduenture, puis-quelle eft de diuerfes & differentes chofes, & de tẽps diuers tant expreffé-
mẽt notez, que l'an, le mois, & le iour luy font mis comme en

date? Si la science Celeste, d'où il recueillit ses propheties, est
fausse, de quelle part ha il receu ces renelations? Ie ne com-
pren qu'il y ayt rien au Monde Elementaire, qui preste tant
intellectuelle singularité: Et toutefois ie ne me puis persuader qu'à chose tant bien ordonnée, defaille vne cause d'où
elle procede, qui ne peut estre imaginée ailleurs qu'aux matieres & mouuemens Celestes. Ie dy mouuemens Celestes,
pource-que si les mouuemens des corps inferieurs ont quelque action, comme le fer par l'approche de l'aimant se meult
& (pour n'alleguer choses moindres auec les Cheuaux cou-
rans, & les Poules qui gratent, de Lucian) comme l'air par
esmotion venteuse, par mutation de pluyes & de serein,
peut tant sur noz dispositions corporelles, il n'y ha apparence de penser que les merueilleux & vistes mouuemens des
Cieux fussent sans aucun effect. De tous les corps inferieurs
ne sera iugé vn, qui ne soit doué de quelque vertu propre: &
les Estoilles, desquelles la forme, la grandeur, l'ordre & les
mouuemens, effacent en perfection & en beauté toutes autres choses, seront sans efficace: & comme estourdies, vainement se remueront & courront par le Ciel? Les Philosophes naturels, voire vniuersellement tous les hommes, confessent rien n'estre au Monde inutile, rien de superflu, chacune chose estre appropriée à vn certain vsage. Le Feu, l'Air
l'Eau, la Terre, les Mineraux, les Planetes, les Animaux,
bref tout est dispensé en continuel exercice, & sans cesse em-
besongné au reciproque ministere de l'entretien du Monde
Elementaire, fait pour l'espece humaine. Et les Estoilles de
nombre, & de grandeur infinies en noz sens, n'auront autre exercice que de soy pourmener, sans s'employer aux con-
tinuels ouurages, desquels tout le reste du Monde se monstre

Que si le
mouuemét
des choses
inferieures
sont cause
de quelque
chose, les
mouuemés
Celestes ne
peuuent e-
stre inuti-
les.

officieux aux hommes ? Ie ne me veux esgarer en ces Mondes Estoilliers, ny imaginer des Animaux autres que ceux,
qui sont hostes des Elemens : & me suffit d'estre arresté enuiron les opinions prouuées, & approuuées de la plus honorable authorité, auec laquelle il me semble ceste science
Commodi-
tez de l'A-
strologie. Celeste estre vraye, vtile, & necessaire. Dieu par ses Celestes instrumens nous marque, & signifie sa gracieuse bonté:
nous menasse de son iuste courroux par les signes des futures
fertilitez, ou sterilitez, de pestes, guerres, mutations de religions, changemens & ruines de Republiques : nous aduertit à quelle profession nous sommes naiz, pour empescher
qu'entreprenans contre le naturel & l'inclination du Destin,
ne se face perte & de temps & de peines: demeurant toutefois à son absoluë puissance autant de libre disposition dessus
les causes, comme il luy ha pleu d'en estendre aux causes sur
les effectz. D'auantage nous donne cognoissance des commodes ou incommodes saisons, de semer, planter & recueillir les fruits : dresse par vraye & certaine obseruation de la
communication qu'ont les Signes & Planetes auec le corps
humain le salutaire vsage de Medecine, qui descouure les
particulieres causes dedans les corps, à l'aide de l'Astrologie, qui cognoist les vniuerselles & generalles de tout. Aussi
vouloir contredire aux familieres experiences d'icelle, ou en
demander les raisons plus curieusement, est se confesser (dit
Gallien) vn de ces Sophistes, qui nous importunent de rendre
raison des choses manifestement apparentes : combien qu'au
contraire l'on doiue recercher les causes cachées & inco-
gneues, par les euidentes apparences & les experiences ordinaires. Mais si l'on debat ceste science estre plus pauure en
demonstrations, que n'est aucune des autres disciplines : soit

la facilité des autres si viuement demonstrées, preuue suffisante de la legereté du poix de leur merite, & la difficulté
de ceste, soit rapportée à son excellente grandeur, en reuerence de laquelle ce qui nous en est venu en cognoissance, doit
plustost estre cherement conserué, que par disputes fondées
sur les cauillations d'vne incredulité debattu en intention
de le confondre & ruïner entierement. Et bien que i'aye
confessé parmi les liures des iudiciaires quelque nombre de
superstitieux & legers Apotelesmes (mieux notez par vous,
croy-ie, Curieux, que les serieux & graues) s'estre emparé
de lieu non merité, demeurera pourtant la discipline con-
uaincue & condamnée? Souz le pouuoir de semblable raison seroient esteintes toutes les humaines disciplines & scié-
ces. La Medecine, embrouillée dès si long temps (au tesmoignage de Dioscoride & Gallien) par les Empiriques, & autres superstitieux Herbiers, seroit priuée de l'honneur que
luy ha acquis le necessaire & approuué vsage de son vtili-
té. La Iurisprudence, souillée par la barbare ignorance de
mille populaires interpretes, delaissée, nous laisseroit retourner sans bride, comme cheuaux eschappez, en la brutalité
des premiers & non policez hommes. La Theologie, entremeslée de tant d'humaines & volontaires constitutions, &
ombragée de ceremonies excessiues, iusques à la plus dangereuse superstition, reiettée comme inutile, laisseroit effacer en
nous celle vnique lumiere de noz entendemens, qui nous es-
claire à la pure cognoissance de Dieu. Et la Philosophie entiere, d'esforce par infiniz deuoyemens de friuoles opinions,
demeurant non suiuie, abandonneroit la raison humaine,
qui, non cultiuée par les discours, deuiendroit compagne du
sens naturel des Animaux. Voyez donq comme il est peril-

Quelques friuoles & legers Apotelesmes, ne doiuent faire estimer tout le reste estre faux.

La Medecine estre corrompue.

La Iurisprudence, estre corrompue

La Theologie estre corrompue.

La Philosophie estre corrompue.

leux de iuger le merite & la verité d'vne diſcipline ſelon la
legereté d'aucuns points mal mis par quelques profeſſeurs,
ou ſuppoſez fauſſement entre les fondemens vrais, ou aſſeu-
rée certitude de ſes effectz. Voyez encores comme ceux, qui ſe
plaiſent de contredire, laiſſent tromper & aueugler leur iugement par la trop violente & paſſionnée affection haineu-
ſe. Auſſi aimerois-ie mieux diſputer auec vn Pyrrhonien,
Sceptique & Aporetique, & m'attacher auec l'opiniaſtre
Anaxagore ſur la blancheur ou noirceur de le neige, que
preſter plus ny ouye, ny parole à ces autres preſomptueux
Arcades, qui, pour auilir l'honneur, & rendre ridicule le
pouuoir des Eſtoilles, ſe voudroient faire croire eſtre plus
anciens que le Ciel ny la Lune. Mantice quittant la parolle,
ſ'eſcriuit en la face aſſez liſablement, le deſpit qu'il auoit
conceu aux parolles du Curieux, & le deſdain qu'il prenoit
de luy reſpondre d'auantage, quand le curieux moins piqué:
Et bien (me dit-il ſouriant) deſquels eſtes vous? Sçaurons
nous rien de voſtre opinion? A quoy ie reſpondis: Mantice

deſcouurant en quelle reuerence il tient la Diuination, m'a
refreſchi en la memoire, qu'entre le peuple Indien, qui anciennement eſtoit diuiſé en ſept Eſtats, les Philoſophes te-
noient le rang plus honorable, auec ordinaire occupation
chargée du miniſtere de leur religion, & de la preuoyance
& prediction des choſes aduenir: Car ils eſtimoient ceſte
faueur diuine n'eſtre eſlargie qu'aux ſages, comme à ceux,

qui (ſi autres hommes le pouuoient) ſe rendoient les Dieux
amis & familiers. Mais ſi quelqu'vn de ceux, qui s'exerçoient en l'vſage de Diuination, eſtoit prouué par trois
fois menſonger, & trompé en ſes preſages, le meſfait de ſon
ignorante preſomption eſtoit puni d'vn ſilence perpetuel:

Couſtume

Couſtume bonne, & inſtitution tant louable, que ceſte nation ha attiré à ſoy l'admiration de tous les excellens Philoſophes anciens, & les meſmes perſonnes d'vn bon nombre
de ceux, qui eſtoient eſleuez au degré du plus. Eudoxe alla
voir & ouïr Conuphée de Memphis, Pythagore viſita
Oënuphée Heliopolitain, & Solon, Sonchite Saïtain :
Thales, Platon, & Lycurge veirent le païs Indien : Comme feit l'admirable Apollonie Tyanien, qui pour ſe contenter le deſir de voir & ouïr des hommes tant diuins,
chemina le lointain voyage de celle region, en laquelle pource-que le menſonger eſtoit puni, la verité eſtoit enquiſe plus
curieuſement, & certainement rencontrée. Que fut tel edit
publié en noz Gaules, Mantice ! à fin que vous & le Curieux puiſſiez eſtre accordez, & moy tiré d'vn doute difficile : Car ſi tous les Deuins diſoient vray, le Curieux ſe con-
feſſeroit vaincu par preuue & experience de la non refuſa-
ble certitude de l'Art : Et ſi l'Art eſtoit faux, les Prognoſti-
queurs punits, dans peu de iours le laiſſeroient en friche.
Dont ne ſe trouuant perſonne qui le cultiuaſt, vous meſmes
quitteriez l'opiniatriſe, auec l'opinion de choſe fauſſe : &
moy, ie ſerois aſſeuré du vray ou du faux de choſe dont ie
doute. Ie vous ay quelquefois aduoué que ce meſme deſir
qui vous paſſionne pour la ſcience des choſes aduenir, m'a
tellement entretenu, & ie puis dire trompé les premiers ans,
que ie n'ay eſpargné ny l'eſtude, ny la peine, ny ce-que i'ay
peu du bien, pour acquerir ce don qui me ſembloit le plus
ſouhaitable, que ce Monde peuſt clorre : voire que les Cieux
nous peuſſent departir. I'ay eſté en queſte des Daimons &
Eſprits auec les armes requiſes en telle entreprinſe, mais ie
n'y ſceuz onques voir n'y ouïr que la finale moquerie de ma

Philoſo-
phes men-
ſongers pu
nits.

Curioſité.

folle superstition. I'en ay autrefois recueilli & experimenté infinies receptes, & formé cent & cent caracteres monstreux : mais tout cela me succedoit comme l'espoir fumeux de l'Elixir aux Alchimistes : Occasion, qui m'aduertit de communiquer auec les Philosophes naturels, &, chassant de moy toutes ces friuolles & pernicieuses persuasions, m'adresser à la Iudiciaire Astrologie, de laquelle ayant veu, & le pour, & le contre, debatu diligemment par plusieurs doctes & graues personnages, tant anciens que de ce temps : & formant de moy-mesme diuers argumens & pour l'vn & pour l'autre, ie suis demeuré suspendu entre l'ouy & non : aimant mieux rester encor douteux en subiet tant serieux, que legerement me liguer d'vne part, qui possible, seroit plus foible & la moins soustenable. Bien est-il vray, que la façon, auec laquelle besongnent tous ceux que i'ay veuz en ce temps prédire & deuiner, ne semble tant impertinente, qu'encores que les Cieux leur ouurissent le sein, & que chacune Estoille descouurist aussi clerement le Destin, duquel elle seroit ministre, comme son feu brillant aux plus sereines nuicts, ils n'en sçauroient prognostiquer vne verité seule : car par l'ignorace en laquelle ils sont, des vrais mouuemens celestes & Planetaires, sur lesquels toute la partie diuinatrice est fondée, les yeux leur sont fermez entierement. Ce que ie dy, est tant euident, qu'il n'a pas besoing de grande preuue : Et s'il plaist à quelqu'vn d'experimenter combien sont insupportables les fautes des Tables vulgaires, soit d'Alphonse, ou de Blanchin, ou des autres semblables, lieue l'œil la nuict contre le Ciel, & il trouuera les Pruteniques trop plus approchantes la verité : ce que i'ay obserué & pense auoir esté obserué de plusieurs autres aux conion-

ctions dernieres de Mars & de Venus, & de Venus à Saturne: mais tre-seuidemment en l'Eclipse Lunaire de ce mois
d'Auril 1558. Vrayement ie ne voy, Mantice, que vous
puissiez estre receuable en voz iugemens, si les vrais lieux
des Planetes ne sont exprimez en voz figures des douze Celestes maisons: pour bastiment desquelles les Tables des
mouuemens, ou les Ephemerides sont employées de tous voz
professeurs. Mais voyez ausquelles ils se deuront fermer.
Celles de Iean Stade, calculées selon la correction des mouuemens Celestes, par l'honneur des Mathematiciens, Nicolas
Copernic, & son imitateur Erasme Rheinhold, sont en tout
differentes à celles des Alphonsins, de Pierre Pitiate, & des
autres, & ce de trop inappointable different: car il n'y ha
lieu de lumiere, ny Planete accordé entre eux: mesmes tant
discordamment, que Mercure direct à l'vn, est retrograde
à l'autre, outre la difference de dix degrez & plus. Iofranc   Iofranc Of-
Offusien, duquel i'acquis la cognoissance & l'amitié auec   fusien Ma-
thematicié
grand contentement, passant à Dieppe, (sont enuiron deux
ans) en ha fait voir, pour vn an seulement, que ie sache,
differentes de toutes les autres: par lesquelles il nous donne
espoir de iouïr du proffitable fruit que doit apporter son labeur, sa doctrine & sa gentile dexterité d'esprit. Auquel re-
courez vous? Soient les Stadiennes, ou Offusiennes mises
en vsage, comme plus approchantes de la verité: vous semble point l'erreur, qui y peut estre, laisser grande importance? Ie ne voy digne merite de creance aux iugemens fon-   Contrarie-
dez sur ces incertitudes. Mais posons en fait confessé, que   té entre les
Iudiciaires
vous sachez les mouuemens au vray: de quel ordre nous   sur la façon
de dresser la
bastirez vous les douze maisons pour figurer l'estre du Ciel   figure du
au point qui vous sera presenté? Vrayement ceste discorde   Ciel.

entre les Aſtrologues eſt de tel poix à mon aduis, que poßible peu d'autres plus viues raiſons ſuffiront pour les conuaincre de menſonge & de vanité. Si vous conſtituez les maiſons par egale diuiſion du demi cercle du Zodiac, l'Equateur ſera diuiſé inegalement. Si vous les dreſſez par diuiſion du demi cercle de l'Equateur, le Zodiac demeurera inegalement diuiſé. Si vous y procedez par l'egale diuiſion du demi cercle Vertical, deſcrit ſur la ſection commune du cercle Horizontal mis en deux egales parties, & tendant au Meridionnal perpendiculairement, le Zodiac & l'Equateur ſeront coupez en pieces inegales. D'où il aduient, qu'en l'vne des façons vne Planete, ou vne inſigne Eſtoille ſera en vne maiſon pour fauoriſer, & ſelon l'autre façon, elle ſera en vne maiſon dommageable. Ainſi vne naiſſance, vne election, ou vne interrogation, ſera ſubiette à deux ou trois iugemens differens ou contraires, ſelon les differentes edifications des maiſons figurées: Que pouuons nous donq eſperer en ceſte diſcorde? Chacune opinion eſt authoriſée de bons & receuſ Autheurs: infinis iugemens ont eſté faits ſur ceſte & ſur celle figure. Ie ne voy en bonne foy moyen de m'effacer ce doute, ny raiſon de m'aſſeurer en tant hazardeux iugement. Mais voicy nouueau ſcrupule, non moins difficile à reſoudre, que l'autre. I'imagine que les Iudiciaires ſoient accordez en la façon de figurer les Celeſtes maiſons, qu'ils ne ſoient confus par tant de diuerſes opinions ſur la reuolution des ans du Monde, ſur le nombre & la diſpoſition des Cieux: qu'appointées ſoient entre eux les contrarietez de la nature des Triplicitez, Degrez, fins ou termes des Planetes, Conionctions vrayes, moyennes, & toute celle tenebreuſe nuict de difficultez obſcure, & non eſclarcie ny des vns, ny des

autres , mais opiniaſtrée en parties oppoſées. I'auoüe plus,
que les Apoteleſmes farciz de mille legeretez & contrarietez par le grand nombre des Rhapſodes, & ramaſſeurs, qui
ont chacun à ſa fantaſie adiouſté, & ſongé (pour ne dire reſué) outre ce-que les plus vieux auoient eſcrit. I'auoüe,
di-ie, que les Apoteleſmes, & ordonnances de iuger, ſoient
vrayes & infallibles. Conſiderons (ie vous prie) auec quelle
diſcretion auiourd'huy elles ſe pratiquent par voz Deuins.
Les anciens obſeruateurs du Ciel , remarquans les Eſtoilles
plus notables , diuiſerent le Ciel en douze parties egales : en
chacune deſquelles ils ſur-nommerent de certains noms, &
depaingnirent de certaines figures les eſtoilles qui y eſtoient
ſemées : comme du nom du Mouton , celles qui eſtoient en la
premiere partie de ces douze , ou dedans , ou ioingnant celle
bande , que les Grecs appellerent Zodiac : du nom de Taureau, celles qui eſtoient en la deuxieme : & ainſi des autres:
tellement que ſur les obſeruations ſe fondent demõſtrations
certaines, que ſix, ou ſept cens ans auãt Ptolomée, la premiere Eſtoille des cornes du Moutõ eſtoit au premier point de la
premiere des douze parties du Zodiac , qui encores auiour-
d'hui eſt nommée de ce nom : mais il eſt aduenu par le mouuement que les Eſtoilles du Ciel huitieme font d'Occident en
Orient (contre l'ordinaire & iournallier mouuement de
l'Vniuers pouſſé d'Orient en Occident) que les Signes (i'enten les Eſtoilles meſmes) ſe ſont tãt retirées que celle Eſtoille
premiere du Mouton (qui auant Ptolomée eſtoit au premier
point , & de ſon temps au ſixieme , quarante minutes de la
premiere partie , douzieme du Ciel) eſt reculée , ſelon l'ordre des Signes de vingt-ſept degrez trente-huit minutes
du premier point , & de vingt degrez cinquante-huit mi-

o iij

Que les A-
poteleſmes
anciens, ne
peuuẽt ſer-
uir aux Pro
noſtiqueurs
de ce temps
pour les
mutatiõs de
l'eſtat du
Ciel, meſ-
mes des E-
ſtoilles de
la huitieme
Sphere.

Certaine re
uolutiõ per
uertie.

nutes loing du point, auquel la remarqua Ptolomée. Espace,
duquel les Estoilles de tous les Signes se sont eslongnées de
leur ancien lieu : Tellement que la plus grand part d'iceux
ont empesché la place l'vn de l'autre : estant le Mouton recu-
lé en celle du Taureau, qui se recompense en partie sur les
Iumeaux, lesquels nous voyons entierement estenduz sur la
place du Cancre : ainsi que vous sçauez qu'adioutant vingt
degrez & cinquante-huit minutes aux constellations des-
crites par Ptolomée, vous auez en ce temps le vray lieu des
Estoilles . Comment donq peuuent les anciens preceptes de
iuger, s'accommoder à la face auec laquelle le Ciel nous regarde en cest aage? Le Soleil est maintenant marqué au
quatrieme degré du Taureau, tenu par les Vergilies, ou la
Poußiniere du temps de Ptolomée : & maintenant par le
museau & les pieds de deuant du Mouton . Quelle ressemblance y ha-il entre ces deux images? Ils dyent le Mouton
estre Signe ignée, chault, masculin, iournel, Oriental : &
le Taureau terrestre, froid, feminin, nocturne & Occidental (comme oserez vous iuger selon les effectz promis par les
Apotelesmes anciens, quand le Soleil sera au quatrieme degré du Taureau, c'estoit à dire, quand le Soleil seroit logé
auec les Vergilies) veu qu'estant au quatrieme du Taureau,
il est eslongné d'elles pres de vingt degrez, & accompagné
d'vn Signe de tant contraire qualité? La Lune passe par les
Erreur des
Prognosti. premiers degrez du Mouton, où toutefois se voit la constellation des Poissons. Iugez, selon voz reigles Iatromathe-
matiques, recueillies auant l'aage de Ptolomée, que les Signes se rapportoiët aux parties douziemes, appellées de leurs
noms, & vous asseurez de quelque heureuse operation.
Puis-que les Poissons ont regard aux piedz, & le Mouton

à la teſte, à laquelle de ces deux extremitez vous addreſſerez vous? La Lune eſt parmi les Eſtoilles qui regardent les piedz : neantmoins vous l'appliquez au Signe de la teſte. Semblable impertinence ſe recognoit en toutes les Planetes. Saturne eſt en l'onzieme degré du Taureau, où maintenant luit encores quelque reſte du Mouton : & au temps de Ptolomée y luiſoit le bel œil du Taureau, Iupiter eſt en l'onzieme du Verſeau, duquel l'image au temps de Ptolomée y auoit la main droite : qui maintenant ha laiſſé le lieu aux Eſtoilles du Capricorne. Mars eſt au vingtieme du Taureau, duquel la corne Auſtrale tenoit anciennemẽt ce lieu où il aſſied maintenant ſa droite eſpaule. Venus au dixieme des Iumeaux (au temps de Ptolomée) euſt eſté accompagnée de l'Eſtoille luiſante au bout du pied droit de Caſtor, le premier des iumeaux : qui eſlongnez de là, y ont laiſſé entrer les cornes du Taureau. Mercure eſt noté au neuuieme degré du Mouton, où maintenant ſont quelques Eſtoilles du lien des Poiſſons, au lieu de la teſte du Mouton, qui anciennement y monſtroit ſes Eſtoilles. Il me ſemble que ce remuement d'Eſtoilles, engendre vn trop confus deſ-ordre pour les iugemens. Car ce-que ſ'acquiert vne Planete par le rayonnement qu'elle reçoit ſouz vn image ou vne Eſtoille fixe, ne dure qu'autant que le temps de leur aſſemblement : & change d'efficace (ſi voz diſcours, Mantice, ne ſont menſongers) au changement de Signe, ou eſlongnement de l'Eſtoille. Donq l'effect, lequel anciennement le Soleil, ou vne Planete execûtoit au quatrieme du Taureau auec les Vergilies, ne peut eſtre ſemblable en noſtre temps, à celuy, qui ſ'executera en ce meſme degré auec les eſtoilles du Mouton. Ainſi demeurent les Apoteleſmes inutiles, voire trom-

peurs , si l'on les pratique sur les douziemes parties du Zodiac) qui sont immobiles par apparence des points Equinoctiaux & Solsticiaux) & non sur les mesmes Estoilles, desquelles nous recognoissons les influences , vertus & efficaces. Car si vous excusez ceste grossiere imitation, qui vous
fait nommer le Mouton celle partie du Ciel , en laquelle anciennement estoit la constellation & image du Mouton,
feignāt vne Sphere neusieme diuisée en douze immobiles Signes, & de laquelle s'escoulent les puissances çà bas, & non
de la huitieme, en laquelle est le Zodiaq Estoillé. Ou si (comme ie pense vous auoir ouy toucher en passant) telles vertus d'influxion sont cōmunes, & à la place douzieme (qu'ils
nomment Dodecatemorion , & que nous obseruons pour
les Signes vulgaires) & à l'imagée constellation par ensemble : & qu'à ceste raison demeurent les Apotelesmes tousiours capables d'vsage : i'oppose la discorde de la Sphere
neusieme niée de plus doctes Astronomes, & incogneuë, au
moins non nommée (quoy qu'on dye par Ptolomée, & de
laquelle nous defaillent les apparences, comme d'vn corps
imaginé, non visible, ou subiet aux Astronomiques obseruations) seul fondement des Apotelesmes. D'auantage, &
l'vne & l'autre excuse ruïne toute la Iudiciaire priuée : ou
du moins demeurāt confuse aux fins ou termes, dans lesquels
les sept Planetes se plaisent en chacun Signe : & conuainq,
comme friuole, celle introduction Astrologique de Ptolomée,
& des autres qui discourēt la nature & efficace des Estoilles fixes. Mais si la vertu est au Ciel , & non aux Estoilles,
pourquoy dyent-ils celles qui sont en la teste du Mouton,
auoir efficace entremeslée de vertu Martiale & Saturnienne: les Vergilies se ressentir des effectz de Mars & de la Lu-

ne

ne ? Celles qui ſont là où le _Taureau_ ſemble eſtre coupé, eſtre de vertu reſſemblante aucunement à _Saturne_ & _Venus_? Et ainſi des autres non ſeulement peintes au _Zodiac_, mais ſemées çà & là par le Ciel vniuerſellement ? Ceſte façon de ſe contredire eſt trop oublieuſe. Et ſi nous auons à remercier le Ciel des effects & non les Eſtoilles, c'eſt parolle vaine, & louange perdue de les en honorer. Reſte, que ſi la communauté de vertu entre le Ciel & les Eſtoilles vous ſemble receuable, vous cerchez noueaux _Apoteleſmes_ : car ceux, qui furent eſcrits ſous les experiences faites au temps que les Signes imagez & Eſtoilliers eſtoient chacun en celle partie du Ciel, auec laquelle elle eſtoit en communauté de vertu, comme l'image, ou les Eſtoilles du Mouton au premier _Dodecatemorion_, l'image du _Taureau_ au ſecond, & ainſi des autres, ſont ſans vigueur maintenant que l'aſſemblement, par lequel ils furent approuuez puiſſans, eſt deſioint, & que les images ſont oſtées de leurs places. A ce-que ie voy (m'interrompit _Mantice_) ie ſuis delaiſſé de voſtre adueu, duquel ie m'aſſeurois, ſçachant auec quel continuel plaiſir vous exercez l'Aſtronomie, & recerchez les mouuemẽs des Aſtres: labeur, lequel ie ne vous eſtimois auoir deſpendu à autre fin, que pour en recueillir maintenãt le fruict au deſirable exercice des predictiõs, outre leſquelles ie ne voy ny croy rien admirable en ce Monde. Grandement me delecte (reprins-ie) la conſideration des mouuemens Celeſtes vtile & neceſſaire (pour diuerſes raiſons) à l'entretien des Republiques, par l'obſeruation des ſaiſons, guide des conſtitutions religieuſes, & autres cauſes, deſquelles l'vſage eſt familier aux hommes plus vulgaires. Mais ie ne puis embraſſer de bon cueur la Iudiciaire, auant que les mouuemens ſoient bien exacte-

9 782329 013206